裏切りの騎士と呪われた皇女

戸瀬つぐみ

イースト・プレス

contents

序

オデットは、皇女だった。

数日前までは、たくさんの召使いに傅《かしず》かれながら、何不自由なく生きていた。決して、誰かに頭《こうべ》を垂《た》れることなどなく。

それがどうして、こんなことになってしまったのか。

今のオデットは、鉄の重い手枷《てかせ》をつけられ、父ではない誰かが居座る玉座のもとに引きずり出されていた。

わざと粗末な服を着せられ、床に着きそうなほど長い金の髪は、誰かの手に整えられることもなくすっかり輝きを失ってしまった。

「オデット皇女よ、クナイシュ帝国は滅んだ。最後の皇女として父親と同じ冥府に行くか？　それとも身分を捨て、ただの人としてやり直すか？」

力強い声の持ち主《ぬし》は、帝国の端にあるアニトア地方から攻めてきた、赤毛のマクシミリアンだ。今はアニトア王を名乗っている。

(この男が噂《うわさ》のマクシミリアンか……)

クナイシュ帝国を三百年に渡り支えてきた魔術は、その栄華に影を落としていた。

一方で北の地で魔術に頼らず民を導く者が台頭してきている。——そうこっそり教えてくれたのは、父のお気に入りで、時折オデットの教師も務めていた若い建築技師の青年だった。

あのとき、どこか他人事のように聞いていたマクシミリアンという人物と、このような屈辱的な形で顔を合わせることになるとは思いもしなかった。

「わたくしは皇女として、国と運命を共にする。さっさとすませるといい」

オデットは顔を上げ、マクシミリアンに向かってはっきりと答えた。たとえ戦《いくさ》で敗れようとも、最後の皇家の人間としての誇りを忘れることなどない。少なくとも、相手に心の迷いを悟られることは耐えられなかった。

父はすでにこの世の人ではなくなっている。攻め入られたとき、降伏の印に自ら命を絶《た》ったと聞く。

オデットもできることなら、早く楽になりたかった。

すべてを放り出してしまいたかった。

実際、一度は自分の首に短剣を向けたのだ。だがそのときは、内なる恐怖と戦っている間に、止められてしまった。

危機的状況の中現れて短剣を取り上げ、オデットに死ぬなと言ったのも、その建築技師の青年だ。

彼は隠し部屋にオデットを押し込んでから、逃亡の手段を探すと言って出て行ったきり戻らなかった。

一人でも無事に逃げ延びることができたのだろうか。それとも宮殿に侵入したマクシミリアン一派の手に落ちたのだろうか。

あれは戦士ではなく技官だから、捕虜《ほりょ》にでもなっていれば命までは奪われないだろう。

そんなことを考えはじめた自分がおかしくなり、オデットはひそやかに笑う。

今、新しい支配者によって断罪され処刑されるかもしれないこんなときに、家族でもない他人を想うなんて、どうかしている。

(ああ、わたくしにも人間らしい心が少しはあったのだな)

感情を出すことも、誰かを好きになることも許されない日々。己の枷《かせ》を理解してからは、心を殺すように生きてきた。

この国にも自分にも、穏やかな未来などないということはわかっていたから。

しかし最後の最後になって、オデットは自分がただの十八歳の娘だということを思い出した。それが嬉しかった。

「——自分が死ぬことが、そんなに嬉しいのか？」

場にそぐわない顔をしたオデットの態度は、マクシミリアンには気に入らないものだったのだろう。彼はまるでオデットを馬鹿にするように、ため息を吐いたあとで言う。

「なかなか腹が立つ」

男に軽く見られていることがわかった。それでもオデットは、折れそうな心を叱咤《しった》し毅然《きぜん》と見据える。

「……わたくしが泣いて、命乞いをすれば満足か？」

頼まれても、そんなことはしてやらない。この男の思い通りになりはしない。さっきは自然に漏れてしまった笑みだったが、今度はわざと作ってみせた。

マクシミリアンは、オデットの父を死に追いやった男だ。苛立《いらだ》たせ、少しでも不愉快な思いをさせられたら本望だ。

激高《げっこう》して醜《みにく》く顔を歪《ゆが》ませるのならば、その程度の男だと見下してやるつもりだった。しかし、さすがに自分の力だけでのし上がってきた人物は違う。

腹が立つと言いながら、それでいて何を考えているのか測《はか》りかねる。圧倒的な強者として、マクシミリアンはオデットを見下げているのだ。

「生きる苦しみを知らぬ者よ。たとえ国は滅んでも、民は変わらずそこにいるというのに、お前はその存在すら気づかないのだろう。お前の父親もそうだった。悪人ではなかったかもしれんが、民を飢《う》えさせる悪政を敷いた」

冷静に自分の未熟さを指摘され、父の君主としての器まで否定され、羞恥《しゅうち》と怒りでかっと白い肌を赤くさせる。

自分が味わってきた皇女としての苦しみも、絶望も、何も知らないくせに。叫び出したい気持ちをぐっと抑え、オデットは敗北を認める代わりに黙り込む。

「少しは民草の苦しみを味わってから死ね」

覇者の威厳と風格を保ったまま、マクシミリアンは冷ややかに言う。

「牢で何もせず生きることも、貴人として不自由なく贅沢《ぜいたく》に生きることも許さん。……そうだな。今回の戦で功績を立てた者に皇女をやろう。誰か、この娘が欲しい者はいるか？今は少しばかり汚れているが、見目は麗しく、肌はさぞかし極上だろう」

ぞくりと、恐怖がオデットを襲う。

自分は蹂躙《じゅうりん》されてから殺されるのだろうか。物のように、好きに扱われるのだろうか。だったら、今この場で首を切り落とされたほうがましだ。

この男はいったい何を考えているのか。覇王となった者の胸の内を理解できないのは、オデット一人ではないようだった。

マクシミリアンは広間を隅々まで眺めていた。

その場にいたのは、この男に従う屈強な騎士達だ。男達は互いに顔を見合わせて動揺しているようだった。しかし大きな声を上げ、意見する者は誰一人いない。

「困った。誰もいらぬそうだ」

当たり前だ。マクシミリアンに忠誠を誓っている者なら、滅ぼした国の元皇女を側に置くことは賢明ではない。押しつけられても厄介《やっかい》なだけだ。

「しかたない。まだ妻を持たぬ者から籤《くじ》で選ぶことにしようか。クナイシュの秘宝と謳《うた》われた姫を手に入れることができる、幸運な男は誰になるか。……第一騎士団は誰を出す？手柄を立てた者の中で、伴侶《はんりょ》が定まっていない者は誰だ？」

「……どうかしている」

オデットは掠《かす》れた声で呟《つぶや》いたが、その声はマクシミリアンの耳には届かない。

広間全体がざわつく中、オデットを下げ渡す男の候補が、何名か選ばれていった。

それぞれの騎士団の責任者らしき男が、相応《ふさわ》しい者の名前を挙げていく。

この場で言う「相応しい者」とは、妻や婚約者のいない、できるだけ身分の低い者のことらしい。名を呼ばれた者に拒否権はなく、淡々と選出が進んでいく。

どうやら、騎士の中からオデットの夫を選ぼうとしているらしい。

〝敗戦国の皇女を下げ渡す〟ことでオデットを貶《おとし》め、さらには夫となる騎士に監視をさせるつもりなのだろう。

地下牢に繋《つな》ぐのでもなく、どこか一室に監禁するのでもなく、宮殿から追い出したい理由はこの建物の構造にあるに違いない。

（……この男、どこまで把握しているのだろうか）

マクシミリアンが宮殿に攻め入るため隠し通路を利用したように、オデットが隠し通路を利用して逃げ出すことを警戒しているだけならばいいのだが。

何しろ、この宮殿には隠し通路や隠し部屋が多すぎる。

オデットが滲《にじ》み出る冷や汗を抑えることに必死になっていると、側近らしき者がひとつの壺《つぼ》を運んできた。

マクシミリアンはそれを無言で受け取ると、色のついた七つの宝石を入れた。

「壺の中には、色のついた玉が入っている。色は七つある騎士団の旗印と同じだ。今後は選んだ色の騎士のもとに行き、その者を夫とし、誠実に仕《つか》えろ。……オデットよ、自分で選ぶか？」

オデットは返事をしなかった。その意志はないと判断したマクシミリアンが、雑な仕草で壺の中に手を入れる。

無造作に取り出された宝石は、漆黒に輝く黒曜石《こくようせき》だった。

「黒だ。第七騎士団、ユリウス・クロイゼル。今回の戦の功績の褒美《ほうび》として、この娘をお前に与えよう。決して甘やかすな。贅沢はさせるな。まだ殺すな。あとは好きに扱っていい」

「……御意」

その低く抑揚のない声音に、オデットの耳が反応する。聞き覚えのある声。まさか、と振り向くと、騎士団から一歩前に踏み出ている、珍しい銀色の髪を持つ男を見つけた。

――違う。

オデットが知っている人とは、何もかもが違う。

彼は黒髪の青年で、時折柔和《にゅうわ》な笑みを見せてくれていた。だから目の前の、凍るように冷たく暗い目を持つ、銀髪の男とは別人だ。

「オデットよ、どうかしたのか？」

動揺を嘲笑《あざわら》うように、マクシミリアンはわざとらしく問いかけてくる。

しかしそんな声は届かないほど、オデットの心は、さらに近くへと歩み出てきた黒衣の騎士に注がれている。

「…………おまえは、ジョン」

黒衣の騎士は、オデットが呼びかけても、表情ひとつ変えることがなかった。

やはりオデットの知っている男とは違う。そう思いたいのに、魂《たましい》がそれを否定する。

「我が忠実な騎士の一人、ユリウス・クロイゼル。昨日までなんと名乗っていたかは知らないが、それがこの男の本当の名だ。お前の夫となる男だ、覚えておくといい」

すべてを知っているかのように、マクシミリアンに残酷に告げられ、頭を殴られたような衝撃が走る。

だって、何年も……彼はまったく違う名前で、父のお気に入りとして、クナイシュ帝国の宮廷にいたのに。

いったい何を信じていたのだろう。こんな真実が待っているのなら、なぜこの男はオデットに死んではならないと言ったのだろう。

男の侮蔑《ぶべつ》するような視線に、その答えを見つけた気がした。マクシミリアンの臣下の多くは、もともと災害や飢饉《ききん》で家族や友人を失ったり、苦しんだりした者達であると聞いている。この男とて例外ではないのだとしたら？

彼は、オデットが絶望する姿が見たかったのかもしれない。

嘘《うそ》だったのだ。優しさも、気遣いも、あの笑みも何もかも。

足元が崩れていくような錯覚に襲われ、オデットは意識を失った。

I　追憶

ジョンという黒髪の建築技師が宮廷に出入りするようになったのは、三年近く前のことだとオデットは記憶している。

確か三人いる大臣のうちの一人、ジベールの後ろ盾を得ていたはずだ。

初めて言葉を交わした日のことも、よく覚えている。あれは十六の誕生日を一ヵ月後に控えていた春のことだ――。

皇女であるオデットには、マナーなど淑女《しゅくじょ》としての教養や語学・歴史を学ぶ以外に、高い見識を持てるよう、様々な分野の第一人者に話を聞く時間が設《もう》けられている。そのうちの一人が病《やまい》にかかってしまい、代わりに大臣の推薦を受け現れたのがジョンだった。

皇族専用の書庫にやってきたジョンは、挨拶もそこそこに席に着いた。まず、その態度が珍しかった。

皇帝の一人娘であるオデットと初めて対面する相手は、平身低頭で先に待っているのが当たり前だ。

しかし彼は遅れてやってきたことを気にもせず、淡々とした口調でこう言った。

「それで、今日は何をお知りになりたいのですか」

それを聞いた女官のアライダは金切り声を上げた。

「皇女殿下に対してなんと無礼な！　おまえのような身分で殿下にお目通りが叶《かな》うこと自体が異例なのですよ。殿下をお待たせしたあげくそのような態度をとることは、万死に値します！」

そのあまりの剣幕《けんまく》に、オデットのほうが驚いてしまった。

もっとも、皇女としてむやみに感情を表に出さないようにしているから、二人はオデットが驚いたことに気づいていないだろう。

皇女の側近くに仕える女官は良家の出身だ。特にアライダはオデットの側に一番長く仕えているうえに、良家の子女としても気位の高い女性だった。ジョンを平民出として見下している態度を隠そうともしない。

対するジョンは、わずかに顔をしかめたが、冷静な口調を変えなかった。

「突然いただいたお話でしたので、これでも十分急いだのです」

澄ました表情にも見えるジョンの態度が、余計にアライダの感情を煽《あお》ってしまう。彼女はわなわなと震えて怒りを露《あら》わにした。

オデットにはアライダのほうが少々煩《わずら》わしく感じ、しかたなく仲裁《ちゅうさい》に入る。退屈な毎日の中で、側仕えの女官以外の人間と接し言葉を交わす時間は貴重なものだ。

「落ち着け。この男は皇帝陛下が採用した技官であろう。身分のことを持ち出すのは父上の意にも反する。……それにわたくしは、無駄は嫌いだ」

アライダはさっと顔を青ざめさせた。強く咎《とが》めたつもりはないが、みるみる泣きそうな表情に変わっていく。

オデットは深いため息を吐きながら、今度はジョンに視線を向けた。

「それと、そなた……」

「ジョンとお呼びください」

「ジョン。……わたくしが何を教えるか考えるのも、教師の役目ではないのか」

どちらか片方を咎めるわけにはいかず、ジョンに対しても苦言を呈した。的外れではないと自信満々だったが、ジョンには鼻で笑われたような気がした。

「見識を高めたいのなら、ご自分に足りないものや知るべきことを把握しておくべきでは？」

皇女を敬《うやま》うことを知らない不遜《ふそん》な男に思えたが、不思議と嫌な気持ちはしない。上辺だけのご機嫌取りにうんざりしていたオデットにとって、とても新鮮だった。

「……わたくしが望めば、なんでも教えられるのか？」

「私が教えられないことがあれば、必ず他の適任者を探してまいります」

男は、なんでも教えられると己を誇示しなかった。この世に、すべての物事に精通した全知全能の人間は存在しない。できもしない見栄を切らなかったことで、オデットはこの男を信頼していいと判断した。

「わたくしは外の世界のことが知りたい。たとえば町の暮らし、諸外国のこと。外に行けぬ代わりに、そなたが教えてくれ」

オデットの言葉に、ジョンは満足そうに頷《うなず》く。とにかく風変わりな男だったが、それを許したのは父であり、その理由も察《さっ》していた。

クナイシュ帝国の内政は、すでに厳しい状況にあった。

神による加護と魔術によって、とこしえの平和が保《たも》たれていると信じられてきた帝国は、実際に驚くほどに災害の少ない国だった。

全盛期には、その恩恵を受けようと帝国の庇護下に加わることを望んだ小国も少なくなかったという。

しかし建国から三百年。徐々に強い魔術師の数が減り、採掘される魔法石の量も減り、さらにここ十数年は、多くの災害に見舞われている。

魔術の衰退を止める術《すべ》がないと考えた皇帝は、魔術ではない別の道を模索し始めた。

国中から識者や技術者が集められ、身分の高い低いに捉われず、優秀な人材を積極的に側に置き、内政の改革を図っていた。ジョンも、そのような経緯で集められた一人だ。

それまで皇女としての教養はしっかりと身に着けていたが、後継者として帝王学を学ぶ機会も、皇女としての公務も与えられずに育ってきた。

最近になり政務に関わる識者達と対話する時間を与えられたのは、皇帝の唯一の後継者として、為政者の在り方を学ぶことがようやく許されたからなのだろうと解釈をした。

もっとも、衰退しつつある帝国の現状を鑑《かんが》みれば、喜んでばかりもいられないのだが。

ジョンの最初の講義は、オデットの希望である諸外国の話が取り上げられ、彼が隣国へ訪れたときに見聞したことを教えてくれた。それは、オデットにとって有意義な時間となった。

彼は実際に地図や資料を広げ、旅の話をしてくれる。クナイシュから隣国まではどのような道のりで辿《たど》り着くことができるのか。平面の地図を眺めただけではわからない、峠越えの厳しさを経験者から聞けば、少しだけ自分も体験したような気分になれる。

ジョンの専門は建築で、今は建築技師としてこの宮廷にいる。隣国への留学経験があり、他にも広い知識を持っていた。

幼少期に一度危険な目に遭《あ》ってから、外に出ることを禁じられていたオデットにとって、教師となってくれる識者達から聞く話は、外の世界を知る唯一の方法でもあった。

教師達の中でも、ジョンは自然体で接しやすく、オデットも肩肘を張らずいることができた。彼の話はどれだけ聞いても飽きないし、とても興味深かった。

何よりジョンは彼が経験したことや得た知識を語るだけではなく、常にオデットの考えを聞き、疑問にも丁寧《ていねい》に答えてくれた。

「隣国には、もう魔術師がいないというのは本当だろうか？」

「隣国で魔術に関することを見聞きしたことはありません。そもそも、魔術師とはこの宮廷で初めて会いましたが、実際に魔術を使っているところを目にしたことがありません。隣国ではなくても、平民にとって魔術はないものと同じです」

オデットには当たり前である魔術だが、他国には魔術を使える者はおらず、魔術の存在すら認めない者が多いらしい。ジョンも魔術を怪《あや》しいものだと思っているようだった。

「そなたは信じていないのだな。だったら、わたくしが見せてやろうか？　魔術の一端を」

「殿下は、魔術を操ることができるのですか？」

ジョンは、目をまるくして驚いていた。

「できない。冗談だ」

「殿下も、冗談をおっしゃることがあるのですね」

ジョンは意外そうな顔をして笑っていた。

彼は魔術に頼ろうなどと考えもしないのだろう。魔術が衰退している今、魔術以外の手段や技術を知る者、広い視野を持つ者が、これからの国の担《にな》い手になる。

ジョンと顔を合わせるのは十日に一度、たった数時間。

教師と生徒であり、臣下と皇女という関係を少しも崩すことはなかったが、オデットはジョンの講義の時間に古参の女官が側につかないように調整するようにしていた。

女官達はオデットが完璧な淑女《しゅくじょ》でいられるよう、注意を払っている。そして、身分の高い女性が、市井《しせい》のことなど知る必要がないと考えている。だから、オデットに意見できるような女官が側にいられては、踏み込んだことを教えてもらうことができなかったのだ。

「西の地域では、水害による飢饉が起きていると聞く。どんな状況なのだろう」

オデットがこんな質問をすると、ジョンは隠すことなく現実を教えてくれる。

「一言で言えば、厳しい状況です。いくつかの村が地図から消えました」

彼はそう言って、机の上にあったクナイシュ帝国の地図に印をつけていく。村の名前の上に二重に引かれたその線は、消滅を意味しているのだろう。だが、実際には名前を消して簡単に終わるものではないとオデットにもわかっていた。

「対策は？」

「追いついていないのが現状です」

何もできない自分をもどかしく感じる。国中の人が苦しんでいるかもしれないこんなときでも、彼らを犠牲にしてオデットは今日もぬくぬくと生きているのだ。

「……本来なら、誕生日の宴《うたげ》など開いている場合ではないのだろうな」

オデットは数日後には十六歳になる。この国で成人とみなされる年齢だ。

誕生日には、皇女であるオデットの成人を祝う盛大な宴を催すことになっている。招待客も多いため、今、宮殿はその準備で大忙しだ。

しかし国の状況を考えると、オデットは成人祝いの宴とはいえ素直に喜べない。

「浮かないお顔ですね。お世継ぎであらせられる殿下には必要なことでしょう」

「さあ……どうだろうか」

自嘲《じちょう》気味の呟きにジョンは首を傾げたが、オデットは曖昧《あいまい》にごまかして話を変えた。

多くの貴族達が噂する。

皇女の十六歳の誕生日の宴は特別なものになるだろうと。

次の皇帝となるべく、正式な後継者指名がなされると信じている者も多い。ジョンもそんな内容の噂を聞いたのかもしれない。

しかし、オデットは父からは何も聞かされていない。それはただの無責任な噂にすぎないのだ。

そうして迎えた誕生日の宴では、予想していた通り後継者としての指名を受けることはなかった。

ただ与えられた席に座り、招待した臣下達と挨拶を交わすだけの時間が過ぎていく。自由などない、意思もいらない。決まりきった言葉だけを繰り返す。

「皇女殿下、本日は誠におめでとうございます。帝国の宝にお目にかかれて光栄です」

「ありがとう。そなたらも、今宵《こよい》を存分に楽しむように」

年の近い貴族男性にうっとりと見つめられても、オデットの心はまったく動かない。

周辺の諸国では、男女が手をとりダンスをするという文化もあると聞く。もし、席から立ち自由に踊れるのなら宴も少しは楽しいものになったかもしれないが、このクナイシュ帝国の宮廷には、そんな風習は存在しなかった。踊るのは、踊り子の役目だ。

仲のよい友人に祝いの言葉をもらえればまた違っただろうが、オデットには友と呼べる者などいない。

（そういえば……）

ふと思い立ち、オデットは一人の人物の姿を探すために広間を見渡す。背の高い黒髪の男がいないか確認しようとしたのだ。

しかしすぐに、ジョンは宴に出席しているわけがないという答えに辿り着く。今夜、この宴に招かれているのは帝国の高位貴族のみ。ジョンは技官として皇帝陛下に仕えることを許されているが、身分は平民なのだ。そして彼もまた、オデットの友人ですらない。

オデットは華やかな宴の中、自分には心許せる者が誰もいない事実を認識し、わびしさで気分が沈んでいった。

宴が開かれた日以降、オデットを取り巻く環境は変化していった。

成人した皇女を後継者として指名しなかったのは、オデットの夫を皇婿《こうせい》ではなく、次の皇帝にするつもりなのではないか――？　そう解釈した貴族達は、権力を握るためにこぞって、オデットとの親密な交流を望んだ。

皇帝陛下の一人娘であるオデットに婚約者がいなかったからこそ、帝国貴族達はオデットが成人したと同時に後継者指名され、将来〝女帝〟になるのだと考えていた。

だからこそ、宴ではオデットの〝皇婿〟として見初められるように美辞麗句で褒め称えていたのだ。しかし、宴で後継者指名がなされなかったことで、帝国貴族達は「皇帝陛下は皇女を女帝にするつもりはなく、〝皇女を妻とした男〟に皇位を継がせる」可能性を見出したのだ。

誕生日以来、オデットのもとには贈り物、私的な宴への招待、求愛の手紙が届くようになった。宴でわずかに言葉を交わした貴族の子息が、十六歳の娘相手に「一目で恋に落ちた」などと恥じらいもなく書いてくるその気持ちはオデットには理解不能だった。

今までは父である皇帝の指示によって止められており、オデットのもとに贈り物や招待状はもちろん、求愛の手紙が届くことなどなかったのだ。

しかし誕生日の宴を境にオデットに届けられるようになり、しかもその対応はオデット自身がすることになった。

正式な婚約の打診ならばともかく、ただの求愛の手紙は放置でかまわないだろうが、贈り物や招待状は最低限の対応をしなければならない。

それが、成人してもなお公務を与えられていないオデットの、皇女としての唯一の仕事となった。

やりがいも、喜びもない仕事だ。

父との晩餐《ばんさん》のときに、オデットはなぜなのか直接尋《たず》ねた。普段は皇帝である父に対して意見などしないが、緊張しながらも懸命に自分の考えを伝えた。

「父上、どうしてわたくしにあのような仕事を与えられたのでしょうか。あまり意味がないように思えます。これまで通り、すべて臣下に任せてはいけませんか？」

最近皺《しわ》の増えた父は、オデットの言葉に嫌な顔を見せることなく、優しく諭《さと》すように言った。

「そなたはまだ若い。この父より長く生きなければならない。未来を共にできるような相手がそなたにも必要だろう」

「……わたくしには、必要ありません」

未来を共にする相手など持てるわけもないのに、なぜ父はそんなことを言うのかオデットにはわからなかった。

「オデット。お前は諦めが早すぎる」

悲しそうな笑みで、父は言う。

この国はもはや、嵐の海に飲まれていく張り子の船だ。沈むとわかっているのに、引き返すことができない。

オデットを最後に皇家の血は途絶えることになるだろう。

オデットは幸せな夢は見ない。

いつだって、自分の終わりを考える。

それがこの国に皇女として生まれた者の宿命だった。

§

オデットはジョンの講義を受けるため書庫に向かった。すでに書庫に控えていたジョンは、一礼してオデットを出迎える。

オデットは無言で頷き席に着く。ここには二人の他には、一緒に連れてきた若い女官しかおらず、気を抜いてもいい気がしてしまうから不思議だった。

数多《あまた》の求婚者の中で特に煩わしいと感じるのは、護衛役としてオデットの住まう宮殿の区画に入ることが許されている近衛騎士のクスターだ。他の求婚者には直接会うことはないが、皇族の側近くで仕える近衛騎士となるとそうはいかない。

今も扉の向こう側で待機しているクスターは、求婚者の中で一番オデットになれなれしく接してくる。講義の間だけは、この男から離れられることにほっとした。

不愉快な男のことを思い出して、険《けわ》しい顔をしていたのだろうか。ジョンがオデットを気遣うように尋ねてきた。

「お疲れのようですね。少し、お休みになったらいかがですか？」

「休む？」

オデットは、何を言われているのかすぐには理解できなかった。

決められた時間に起床し、決められた時間に食事をし、勉学に勤《いそ》しみ、決められた予定をこなす。決められたことをきっちりこなしていくことが、オデットにできる最低限の務めだ。だから、休むことなど考えたこともない。

肯定も否定もできずにいる戸惑《とまど》うオデットを見て、ジョンはゆっくり立ち上がり書棚に向かう。何冊か本を選んで戻ってくると、オデットに本を差し出した。

その分厚い本は、オデットがまだ習得していない外国語で書かれているものだ。

なんの嫌がらせかと、オデットは思わずジョンを睨《にら》んでしまう。

「では、こちらの本を読むことを本日の課題といたします」

しかしジョンは気にするそぶりも見せずそう言うと、少し離れた窓際に椅子を動かし自分も本を読み始めた……かに見えたが違った。いつまでたっても開いたページをめくることはなく、椅子の肘掛けを使って頬杖《ほおづえ》をついている。

そこでようやく、オデットはジョンの意図を理解した。

「これは、休むのではなく、さぼる……という行為ではないのか？」

休むと宣言して、部屋で休息をとるよりも悪いことをしているような気分になる。しかし、ジョンはオデットの反応に目を向けることはなく、瞼《まぶた》を閉じてしまう。

しかたなく、オデットもジョンに倣《なら》い本を開いた。

「わたくしは、こんな場所では休めぬが……」

最初は強がってみたものの、疲れている状態で難解な本を読んでいると、不思議と瞼が重くなった。またジョンを真似《まね》て、頬杖をつく。すでにオデットには目を開けていようという強い意志はなく、船を漕《こ》ぎ始めていた。

それからどれくらい経《た》ったのだろう。

パタンと本を閉じる物音がして、オデットは浅い眠りから目を覚ます。

いや、浅いと思いたかっただけで、実はかなり深く寝入っていたらしい。オデットはいつの間にか机に伏して眠っていたのだ。

品のないことをしてしまったと、慌てて顔を上げる。そのとき、差し込む夕陽を受け止めるように佇《たたず》んでいたジョンが別人のように見え、オデットは目を擦《こす》った。

窓から注ぎ込む茜色《あかねいろ》の光と彼の黒髪が混ざり合って、深い緑色のようにも、灰色のようにも見える、複雑な輝きを放っていたのだ。

「どうしました？　ご気分が優れないのですか？」

ジョンの姿に見入っていたオデットは、どんなまぬけな顔をしていたのだろう。気恥ずかしさをごまかすように首を振り、言葉を発した。

「今日、わたくしは何も学ばなかった」

思わず拗《す》ねたような声で言ってしまったオデットに、ジョンは小さな笑みを見せた。

「休むという大切なことを学びましたよ。……もう終わりの時間ですが、何か質問はありますか？」

「質問……なんでもよいのだろうか？」

「ええ」

この部屋を出れば、近衛騎士のクスターがいる。またなれなれしく話しかけてくるだろうと思うと、煩わしくてしかたがない。

「……もし、そなただったら、わたくしの伴侶になりたいと思うか？」

ほんの一瞬、ジョンは呆けた顔をする。想定していない問いだったのだろう。

「いえ、まさか……考えたこともありません」

「そうであろうな」

オデットはジョンが否定の言葉を返してくるのがわかっていた。

ジョンは皇女という地位に興味がない。利用してやろうという気持ちがない。

だから、ジョンの側は居心地がいい。それを確認したいがために質問をしたのだ。

「賢い人間ならわかることだ。わたくしに求婚をする男など、この国の行く末を予見することもできぬ愚か者だと公言しているようなもの。……そう思わないか」

「私に同意を求められても困ります」

「やはり、そなたは頭がいい。余計なことを言わぬ」

ノックもなしに、いきなり書庫の扉が開いた。近衛騎士のクスターは不機嫌そうに眉尻をひくひくと動かしながら入室し、ジョンを無言で睨みつけてからオデットに告げた。

「殿下、そろそろお時間です」

クスターの言う通り確かに講義の終了時間だが、オデットは不躾な態度に不愉快になり押し黙る。この場で咎めれば、思慮の足りないクスターはジョンに負の感情を向けるだろう。オデットはしかたなく椅子から立ち上がり退室した。

書庫から早歩きで自室に帰る途中、クスターはただの護衛としては近すぎる距離で話しかけてくる。

「私は貴女《あなた》様を純粋にお慕いしております。殿下の御前では愚者にもなりましょう」

耳元の近くで聞こえてくる声に、ぞわりと鳥肌が立つほどの不快さが襲う。どうやら聞き耳を立てていたらしい。オデットは立ち止まり、一瞥《いちべつ》したあと、きっぱりと告げた。

「わたくしは、発言を許したつもりはない」

かっと、クスターが怒りで顔を赤くした。

もし、この男がオデットに腹を立て暴言を吐くようなことがあれば、近衛騎士から外すことができる。オデットは密かにそれを期待していたが、さすがにクスターもそこまで愚かではなかったらしい。

それっきりオデットはクスターと言葉を交わさなかったし、クスターが何か言いたげに見ていることに気づいていたが、視線を合わせることもなかった。

§

成人してから二年。

オデットは十八歳を迎えた。相変わらず立太子もされず、伴侶さえ決まっていない。少し前までは様々な憶測が飛び交っていたが、今はそれも静かになっている。

ここ数年行われていた災害への対策の効果はなく、民は貧窮《ひんきゅう》していた。その民を救うため、マクシミリアンという男がアニトアという地で反旗を翻《ひるがえ》したからだ。アニトアを中心に周辺地域をまとめ上げた彼は都に向けて進軍し、楽観主義な宮廷貴族達が迫り来る脅威をようやく実感したころには、マクシミリアン率いる軍勢は三つの関を突破し、もう都のすぐそこまで迫っていた。

危機的状況で皇女としてできることを模索していたオデットは、当然のんびりと講義を受けていることなどできずジョンと会うこともなくなっていた。

そんな中、ジョンがオデットに面会を申し入れてきたのである。今はそんな場合ではないとわかっているのに、オデットはジョンの申し入れを受け、皇女だけの私的な庭に招き入れた。

庭に誰かを招くなど、オデットにとって初めてのこと。胸に湧く気持ちを自覚していないまま、なぜかそうしたいと思ったのだ。ほんの気まぐれだ。

庭にセッティングされたテーブルでジョンと向かい合ってお茶を飲む。何を話すでもなく、ただそれだけ。

ジョンがわざわざ面会を申し入れてきた理由がわからず、オデットは困惑したまま、ジョンが話し出すのを待っていた。

あまりにも長い沈黙を見かねたのか、女官のアライダがそっとオデットに声をかけた。

「皇女殿下、お庭を散策されてきてはいかがですか？」

今までジョンの講義によい顔をせず、彼に対して冷たい態度で接していたアライダが優しい気遣いをしてくれる。

「そうだな。……ジョン、庭を案内しよう」

オデットは席を立つと、薔薇《ばら》の咲き誇る庭をゆっくりと歩く。その少し後ろを、静かにジョンがついてくる。

自分は皇女で、ジョンは平民出身の技官。本来なら、こんなふうに連れ立って歩くことなどありえない。

庭の奥まで進むと、オデットは振り返った。オデットとジョンに気遣ってか、女官達は少し距離を開けている。オデットはジョンと視線を合わせると問いかけた。

「……何か、わたくしに話があったのではないのか？」

ジョンは無礼なほどにオデットの顔を見つめてから口を開いた。

「はい。……殿下、少し過ぎてしまいましたが、お誕生日おめでとうございます。これからもどうかお健《すこ》やかにお過ごしください」

深々と頭を下げたジョンを見て、オデットは唇を震わせた。

おめでとう、という言葉がこんなにも悲しいものだなんて今まで知らなかった。

「そなたに誕生日を祝ってもらうのは初めてだ。……そしてこれが、最後になるのだろう。最悪だ……まったく嬉しくない」

ジョンは別れの挨拶をするために面会を求めてきたのだ。なぜこんな簡単なことがわからず浮かれてしまったのだろう。アライダが今日に限って控えめなのも、最後になることをわかっているからだ。

帝国には反乱を押さえ込むだけの力はもうない。宮殿の小さな中庭は迫る戦禍《せんか》など知らずにこんなにも美しく咲き誇っているのに、この国は遠くない未来に滅びてしまう。

「申し訳ありません」

「……そなたは気が利《き》かない」

オデットは自分が望む前に必要なものはなんでも与えられてきた。自ら何かを欲したのは初めてだった。

なんでもいい。ジョンがオデットを想って贈ってくれるなら。

宝石でも、リボンでも、本でも。それこそ、今ここに咲いている一輪の薔薇を手折《たお》って差し出してくれるのでもかまわない。

何かひとつでいい。それだけで、悲しみの感情を拭《ぬぐ》うことができる。

しかし、ジョンは困ったような微笑《ほほえ》みを浮かべただけだった。

オデットはその笑みを見て、自分の中に芽生えていた気持ちに気づいてしまった。

それは決して叶わぬ想い。

「本当に、最悪だ……」

目の奥が痛い。握り締める手のひらが痺《しび》れる。胸が苦しい。

こんな気持ち、気づかないほうが幸せだった。

「……もう、戻りましょう。お身体を冷やしてしまいます」

ジョンはオデットにそう促して、戻ろうとする。

「ジョン！」

もう終わってしまう。二度と会えないかもしれない。何か話をしなければ。

オデットはただ引き止めたくて、彼の名前を必死に呼んだ。その声に振り返ったジョンは、再びオデットと向き合った。

「なんでしょう」

オデットは必死になって、話題を探す。でも、楽しい話などひとつも思い浮かばない。かろうじて浮かんだ話題は、今まさに帝国を滅ぼそうとする男のことだった。

「……た、確か、この前話していたな。マクシミリアンという男のことを。敵がどういう男なのか、知っていることをもう少し詳しく教えてくれないか」

ジョンは少しためらうそぶりを見せたが、いつものように答えてくれた。

「……はい。私でわかることであれば」

「その者は、地位だけを求めている野心家なのだろうか。それとも何かもっと別の志《こころざし》がある者なのだろうか」

「野心のない者なら、ここまで軍勢を率いてやってこようとは思わないでしょう」

「そうだな」

「そして野心だけでは、おそらくここに辿り着けない」

ジョンは皇女の前であっても気休めの言葉を使わない。

敵を過小に評価することなく、淡々と話すジョンの言葉に、オデットの中にあった「帝国が生き延びる術がまだあるのではないか」という小さな願望は霧散していく。

マクシミリアンは下級貴族らしいが統率力と牽引力がある男で、この男より高位な身分の者だけでなく地方の領主からも支持を受けている。民からの支持は圧倒的。ただの反乱で終わらず帝国を滅ぼすほどの軍勢となったのは、それだけの理由があるのだ。

「だったら……そなたは技官なのだから、何かあったときはさっさと逃げるといい」

ジョンはオデットの言葉に眉根を寄せた。珍しく怒っているようにも、返事に困っているようにも見えた。

「皇女殿下こそ、か弱い女性なのですから、何かあったときは――」

オデットはジョンの言葉を遮るように首を横に振る。

「わたくしは、ただのか弱い女ではなく、皇族だ」

オデットはそう言い切ると、この時間を終わらせるために女官達のほうに向かって歩き出した。

後継ぎとして指名もされず、公務も与えられなかった皇女だが、帝国が終焉《しゅうえん》を迎えるのであればそれを見届けるべきだ。

今ここで逃げていいのだと諭されてしまったら、揺らぎそうになってしまう。

「教師はそなた以外にもたくさんいたが、そなたとの時間が一番楽しく有意義であった。今までご苦労だった」

「オデット様」

オデットはもう振り返らなかった。

初めて名前を呼ばれたことにも気づかないふりをした。


それから五日後。

異変が起きたのはマクシミリアン率いるアニトア軍が、都を囲む高い防壁まで辿り着いた翌夜のことだった。

都にいる誰もが帝国軍とアニトア軍は防壁を挟んで睨み合い、戦うことになると考えていた。しかし、その予想は大きく裏切られ、睨み合うどころか宮殿に敵兵士の侵入を許してしまったのだ。

宮殿には様々な隠し通路がある。その隠し通路が暴《あば》かれたのだ。密偵が入り込んでいたか、もしくは宮殿内に内通者がいたのだろう。

大宮殿は敵に制圧されてしまったが、オデットがいる奥宮殿に繋がる隠し通路の出入り口はすぐに封鎖したため、今のところ敵に侵入されずにすんでいる。しかし、ここには敵を倒せるだけの兵力はない。長時間、抗《あらが》うのは難しいだろう。

皇帝である父も今どこにいるのかわからない。大宮殿に住まう父は、すでに敵の手に落ちた可能性がある。

最悪の状況だった。

「敵が侵入してきたのは、どのあたりだ？」

大宮殿から駆けつけた近衛騎士に、敵の侵入経路を確認する。

「はっ、大宮殿、西翼の地下からだと聞いております」

「わかった」

オデットの頭の中には、この宮殿の詳細な見取り図がある。大宮殿と奥宮殿には隠し通路が多数あり、そのすべてを把握しているのは皇帝である父と皇女のオデットだけだ。

宰相と神官長だけは隠し通路の一部を知っている。敵が侵入したのは、この二人が知っている隠し通路だった。敵に情報を漏らしたのは、宰相と神官長のどちらか、もしくは両方か。それともまったく別の人間か。

オデットはかぶりを振った。裏切り者を探している暇などない。

「今からそなた達をここから逃がす」

　敵を打ち滅ぼす力などないが、父とオデットしか知らない隠し通路を使えば、側に控える女官達を逃がすことはできる。忠義者達の命をむざむざ散らす必要はない。

「敵はまだ奥宮殿に入り込めていないが、もはや時間の問題だ。ここも戦場になるだろう。今のうちにそなた達は逃げよ。ぐずぐずしている時間はないぞ」

　オデットが冷静にそう告《つ》げると、女官達は顔を青ざめさせた。

「……負けるの、ですか？」

「ああ、大宮殿が制圧されたのだ。決着はついたも同然だろう」

　女官の呟くような問いかけに、オデットは静かに頷いた。

「皇女殿下もお逃げになるのですよね？」

　オデットの決意を感じ取ってか、アライダが乞《こ》うように問う。

「わたくしはここに残る」

　オデットの言葉にその場にいた者達は息を呑んだ。

「わたくしが逃げれば、この戦いは長引くだろう。民を徒《いたずら》に苦しめることになる。それは、わたくしの本意ではない」

「皇女殿下、私どもと一緒にお逃げください。私の家は代々皇家にお仕えできることを喜びにしてまいりました。殿下を一人残して逃げることなどできません」

アライダはオデットへの忠義を以《もっ》て願い出る。

「そなたの献身には礼を言う。だが、わたくしはここに残ると決めたのだ。そなた達だけでも、早よう逃げよ」

アライダと女官達は涙を流して主《あるじ》の側を離れることをしぶったが、オデットが考えを変えるつもりがないと悟るとしかたなく首肯《しゅこう》した。

オデットは近くにいた近衛騎士に彼女らの護衛を命じようとして、たった三人しか残っていないことに気づく。

封鎖した入り口で応戦している者もいるのだろうが、皇女の護衛として決して側を離れてはならない責任者の姿がない。

「そなた達の上官、クスターだったか？　あの男はどうした？」

オデットの問いに騎士達は表情を強ばらせた。どうやらあの男は守るべき対象者を放って逃げたらしい。

「よい。残ったそなた達なら信じられる。女官達を外に逃がしてやってくれ。敵将マクシミリアンは投降した者の命は奪わぬと聞く。逃亡中に敵兵に遭遇したときは素直に投降せよ。死んではならぬ。これは命令だ、わかったな？」

オデットはそう強く命じると、急いで紙に脱出経路を書き記して騎士に持たせた。

騎士達はオデットに跪《ひざまず》いて騎士の礼をとると、しぶる女官達を促して隠し通路を使い、ここから離れていった。

そうしてオデットは生まれて初めて、正真正銘一人になった。

外からは砲弾が着弾したような音が聞こえてくるが、オデットは戦いの音から意識を遮断し奥宮殿内の静寂《せいじゃく》に浸る。そして鍵つきの引き出しを開け、短剣を取り出した。柄に大きな赤い石が装飾された短剣は、皇女に受け継がれているものだ。

しかし、今のオデットにとってこれは特別な宝などではない。剣として機能してくれさえすればいい。

「わたくしは今、自由だ」

誰にも咎められず、なんでもできる。ほんのわずかな時間しかないとわかっていたが、それでも自分でひとつの選択をすることができるのだ。

生きるか、死ぬか。命の選択を。

冷たい床に寝そべり天井を見上げると、普段はあまり見上げることがない天井画が目に入ってくる。そこには忌々《いまいま》しい建国の伝説が描かれていた。

建国の物語には聖なる獣が登場する。

その獣に寄り添って描かれているのは、初代皇帝の娘だ。

この国は今も伝説に縛られている。オデットは今、自分の意思でそれを終わりにしようとしていた。

刃の先端を首に強く押し当てる。ズキンと痛みが走り、生温かい血の雫《しずく》が一滴だけ流れ落ちた。

手が、勝手に震え始める。死とは、こんなにも恐ろしいものなのか。意気地がなく弱い自分が情けなくて、泣きたくなった。

するとオデットの行動を咎めるかのように、奥宮殿が振動を始めた。砲弾が壁に届いた衝撃で起きる振動ではない。長く、小刻みに続く大地の揺れ。

「……まるで役目を果たしてから、死ねと言われているみたいだ」

それでも、オデットは自分の血も肉も、髪の毛一本ですらこの大地の糧《かて》にはしないと決めていた。何も残さない。それが消えていく存在としての最初で最後の我儘《わがまま》で、残された者達へのささやかな復讐だった。

冷たい石の床が、自分の死に場所に相応しい。

この身に施《ほどこ》された秘密とともに、すべてを葬《ほうむ》るのだ。そう覚悟を決め、もう一度しっかりと短剣を両手で握る。

そのときだ、バンと大きな音を立てて、部屋の扉が開いたのは――。

「殿下！」

聞こえるはずのない声が聞こえた。死を恐れるオデットの弱い部分が幻聴を引き起こしているのかもしれない。迷いを捨てろと自分に言い聞かせ、短剣を持つ手に力を込める。

しかし、短剣の切っ先がオデットの首に深く沈み込ませる前に叩《たた》き落とされてしまった。

短剣は石の床の上に音を立てて落ち、オデットの手から遠くに離れてしまう。

「皇女殿下、なんてことを」

瞳に映るのは、床に横たわるオデットの側に膝《ひざ》をつく黒い髪の青年。

慌てて懐から白い手巾《しゅきん》を取り出すと、ジョンはオデットの首の傷口を押さえた。まるで命に拘《かかわ》る大怪我《おおけが》を手当てするような悲愴《ひそう》な顔をしている。

傷は、そのままにしておいても平気なくらい浅いものだというのに。

「そなたでも、そんな顔をするのだな」

ジョンが見せる初めての顔に、オデットはうっすらと微笑んだ。するとジョンは悲愴な表情を一転させ、凍《こご》えるような冷めた怒りの感情を露わにした。

「なぜ、今あなたは笑えるのですか？」

嬉しかったから……そんなことを素直に言えるわけもなく、オデットはごまかした。

「そなた、約束を破ったな？」

何かあったときは逃げるように、最後にわざわざ忠告しておいたのに、彼はここにいる。

逃げそびれたのなら、せめてどこかに隠れていればよいものを、危険を冒《おか》してまでここに来てくれた。

ジョンがここにいる理由がなんであれ、オデットの胸には喜びが満ちる。

「あなたが一方的に言っていただけで、私は約束などしておりません」

出血がそれほど多くないことを確認すると立ち上がり、ジョンはオデットに手を差し出した。

「立てますか？　ここにも間もなく敵が侵入してきます。私についてきてください」

「待て、わたくしのことは……」

「いいから！」

拒否しようとすると、強い口調で遮られた。

「叶わない夢を見させるな……」

オデットは小さく呟きながら、身体を起こす。俯《うつむ》いたのは泣き出しそうな顔を見られたくなかったからだ。

「……どんな夢ですか？」

「絶対に言わない」

「私は今、あなたを連れて逃げるという、大それた夢を見ています」

「そなた、思っていたより頭が悪いのだな。敵に囲まれたここから逃げ切れるわけがないだろう」

「覚悟の上です」

ジョンは国一番の騎士でもない、ただの建築技師だ。オデットを連れて逃げ切れるわけ

がない。できもしないことを言う男だとは思っていなかった。

オデットの夢のほうが、もう少し小さいもので現実的だ。

もし皇位を継ぐ者として政務を任される日が来ても、彼に側にいてほしい――オデットが願ったのは、とてもささやかな夢。

帝国が滅びゆく今となっては、ただ逃げてどこかでひっそりと生き延びること以上に叶わぬ夢になってしまったが。

「ジョン……私は、死んで、初めて生まれてきた意味を持つ存在だ。ここで死なせてくれないか？」

反乱軍の勝利には、皇帝と皇女の首が必要になるだろう。それがなければ、戦は終わらない。戦を長引かせないためにも、オデットはここですべてを終わらせたい。

「もしも……もしもわたくしのことを少しでも哀れに思ってくれるのなら、その剣を力一杯この身に突き立ててはくれないだろうか」

オデットは懇願《こんがん》しながら、ジョンを見上げる。

嫌な役回りを頼んでいることは承知していた。でも、オデットは力も弱くて、心も弱すぎるのだ。覚悟を決めたのに、自分の首ひとつ掻《か》き切ることさえできない。ならば、人の手を借りるほかない。

だからといって、見知らぬ誰かの手にかかって死にたいわけではない。唯一この人ならばと思える人物がなぜか都合よくここに現れたのだ。

ジョンは落ちていた短剣を拾い上げた。しかし、その剣先をオデットに向けることはない。剣を持たないほうの手とオデットの手を重ね合わせ、しっかりと握り締めた。

「よくもそんな残酷なことを……お願いですから、死なないでください」

苦しみに囚《とら》われた表情で懇願するジョンの姿に、オデットの脆《もろ》く弱い意志はあっけなく砕け散る。ジョンが生きろと望んでくれるのが嬉しくて、幸せで、涙が溢《あふ》れてしまう。

ジョンに手を握られたまま、部屋から連れ出される。連れて辿り着いた場所は、馴染《なじ》みのある書庫だ。

「こんな場所で、どうする？　逃げ道はないのに」

ジョンは無言でさらに奥へと進んでいく。この先には書架《しょか》があるだけで、出入り口はない。隠し通路も、だ。しかし、複雑な仕掛けで開けることができる隠し部屋はある。

その存在を知っているのは、父とオデットだけだ。なのに、ジョンは一切迷うことなく隠し部屋へ至る仕掛けを解いていく。そうしてあっという間に、隠し部屋の入り口を開けてしまった。

「……そなた、なぜここを？」

「偶然です。書庫には頻繁《ひんぱん》に出入りしていたので。棚の造りや配置に違和感を持ち、つい開けてしまいました」

設計に詳しい人間だからこそ気づいた何かがあったのだろう。オデットはジョンの説明に納得して、彼の誘導に従った。

「ここに隠れていてください。絶対に早まったことをしないように。短剣は私が預かっておきます」

「一緒にいてはくれないのか？」

「あなたを連れ出すには準備が必要です。絶対に死なせませんから、あなたも自分から死んではなりません。どんなことがあっても」

「難しい要求だ」

敵に捕まれば、命の保証はない。女性としての尊厳を踏みにじられる可能性さえある。

「殿下！」

素直に首肯《しゅこう》できなかったオデットに、ジョンは険しい顔を向けた。

「そう怖い顔をするな。約束する。だからそなたも約束するのだ。必ず生き延びると」

「必ず」

「また、絶対に会えるのだな？」

「はい、約束します。あなたを遠くへ連れて行きます。二人で生き延びましょう……」

再会を誓ったあと、繋いでいた手を放した。

ジョンの手は思ったより硬くごつごつとしていたのだな、などと思いながら、オデットは暗い隠し部屋の中に身を潜めた。
ゆっくりと部屋の入り口が閉じられ、暗闇に包まれていく。
背中越しに振り返るジョンの横顔。
それが、オデットが見た黒髪の青年の最後の姿だった。

Ⅱ　裏切り

光の届かないひたすらな闇というものは、ただ恐ろしかった。隠し部屋の中でじっと耐えて、どれくらいの時間が経ったのだろうか。

一刻ほどのような気もしたが、三日くらいは経っている気もした。

床に座り膝を抱え込んでうとうとしていると、熱さと息苦しさで目を覚ました。まずいと思ったときには、部屋に煙が充満していた。

目の前は白くかすみ、息ができなくなる。

扉の隙間から侵入し始めた炎は、みるみるうちに広がっていく。もう逃げ場がないと諦めたとき、オデットは記憶とは違うことに気づいた。

（違う、あの場所で火事は起きていない）

あのあと、奥宮殿はあっという間にアニトア軍に制圧された。オデットは隠し部屋にいたところを発見され捕まったのだ。そして牢獄にしばらく入れられ、皇族の生き残りとしてマクシミリアンの前に引きずり出されて――。

（だとするとこれは……夢？）

無理に空気を吸い込むと、呼吸することを忘れかけていた身体は痙攣《けいれん》しながら覚醒《かくせい》していく。

「全部、夢……だったのか？」

喉がヒュウと鳴る。肩で息をしながら、震える手の感触を確かめた。爪を立て強く拳《こぶし》を握れば、痛みを感じる。ぐっしょりと汗ばんだ身体に、服がまとわりつくのが心地悪い。それも、生きているからこそ感じられることだ。

火事なんてなかった。だとしたら、都が陥落したことも、アニトア軍に捕まり、マクシミリアンに蔑まれたことも、銀髪の男の存在も、全部夢なのかもしれない。

きっともうすぐ女官がやってきて、喉が渇いたオデットのために目覚めの果実水を運んでくるのだろう。

そうだ、女官を呼ぶためのベルはどこだ？

オデットは枕元にあるはずのベルを探すが見つけられない。何かがいつもと違う。

見覚えのない薄暗い部屋。窓から差し込んでいる光は茜色。朝焼けとは違う、闇に向かっていく深い色だ。

「――ずいぶん、よく眠っておいででしたね」

夢だと思いたかったオデットの願いを打ち消すように、冷たい声が響く。

部屋の壁にもたれかかって佇んでいたのは黒髪のジョンではなく、別の名を持つ銀髪の騎士一人だけだった。

「……ここは、どこだ？」

狭い部屋だ。オデットが今いる寝台もとても小さい。天蓋《てんがい》もついておらず、オデットと銀髪の男を隔《へだ》てるものは何もない。

ただ、宮殿ではないことだけはわかった。だから、いくら待っても女官はこない。

味方などいないと理解したが、それでも無意識に助けを求めて扉の位置を確認する。

そっと身を起こし、寝台から飛び出す機会を狙った。

しかし、まるで逃げ道を塞ぐかのように、銀髪の騎士は扉の前に立ちはだかる。

「ここがどこか……それは今重要なことではないはずです」

「ふざけないで、答えろ」

「おや、あなたは賢い人だと思っていましたが、マクシミリアン王の言葉をお忘れか？」

男はゆっくりと近づくと寝台のふちに腰をかけ、くいとオデットの顎《あご》を持ち上げた。

目を逸《そ》らすなと言いたげな強い視線を向けてくる。

「あなたはもう、皇女ではない。ただの騎士の妻になった。私の庇護を受け、従いなさい。

今後一切、私に何かを命じることはできません」

顔と顔が触れあってしまいそうな距離まで近づく男は、冷徹《れいてつ》な眼差しをしていた。

やはり、こんな男知らない。

瞳の色はジョンと同じ緑がかった黒だ。その瞳には、漆黒の髪よりも銀の髪のほうが似合っていることが悔《くや》しい。

騙《だま》されていた。

オデットが心を寄せていた男は、存在すらしない者だった。

この悔しさをどこにぶつければよいのだろう。

「裏切り者！　すべてはおまえの仕業《しわざ》だったのか？」

隠し通路から、マクシミリアンの軍勢を招き入れたのはおそらくこの男だ。

偶然見つけたのではない。建築技師という立場を利用して宮殿内部を探って、あの書庫の隠し部屋や隠し通路を発見したのだ。

すべては、あのマクシミリアンという王のために。

「私は裏切ってなどおりません。最初からマクシミリアン王に仕える騎士です」

悪びれずきっぱりと言い切る男に、オデットは怒りで身を震わせた。

自分の目は曇《くも》っていたのだ。初めから、すべて仕組まれていた。

どうして信頼を寄せてしまったのだろう。なぜ皇女の教師という立場を与えてしまったのだろう。

もっとも警戒しなければいけない相手だったのに。

「わたくしは、おまえを許さない。絶対に許さない」

自責の念を、憎しみが塗り潰す。すべてを失ったオデットが、男に対し今できることは、ささやかな反抗だけだ。

罰するなら、罰すればいい。絶対に命令など聞かない。もはや抵抗する術を持たないオデットだったが、心だけは守り通そうと決めた。泣いてなるものかと、溢れてきてしまいそうな涙を必死に堪《こら》えた。

「許さなくても、かまいません」

銀髪の騎士は顔色ひとつ変えずにオデットの身体を押し倒し、寝台の上で身体の自由を奪った。

「何をする？　わたくしに気安く触れるな」

「夫婦となった男女がすることなんて、ひとつしかありません。このまま、あなたを妻にします」

「ならば、死んだほうがましだ」

「あなたに死んでもらっては、困るのです」

視界が怒りで赤く染まりそうだった。

宮殿が攻め入られたとき駆けつけてくれた黒髪の青年の言葉に、オデットはどれだけ救われたか。

黒髪の青年がくれた言葉が嬉しくて、悪あがきして、みっともなく生き恥をさらしてもいいと思ってしまった。皇女として、あの場ですべてを終えるべきだったのに。

この男はオデットを案じたふりをしながら、思惑通りに事が運び、ほくそ笑んでいたに違いない。

「……おまえがわたくしの自害を止めたのは、聞き出したいことがあるからなのだろう。だが、わたくしはおまえ達に有益な情報は何ひとつ渡さない」

男は眉間の皺を深くした。オデットに反抗心を剝《む》き出しにされ、不愉快なのだろう。もっと怒らせて、いっそ怒りに任せて殺してはくれないだろうか。オデットは、わざと怒りを煽るために暴れた。

しかし、男はびくりともしない。ただ虚《むな》しく、聞き慣れない粗悪な寝台の軋《きし》む音が響き、もとからそれほど丈夫ではないオデットの体力を奪っていく。

「逆らうことは許しません」

寝台に押さえつけられ、暴れ続けることが困難になってしまった。はっきりと見せつけられた力の差に抵抗する気力が削《そ》がれてしまう。

「そうです。おとなしくしていれば、酷《ひど》くはしませんから」

「……身体を奪えば、心まで操れるとでも思っているのか」

「そんなこと、考えてもいません」

「だったら、なぜ！　このようなことはなんの意味もない」

眠っている間に着せられていた、絹のナイトドレスが解かれていく。男が、本気で身体を奪おうとしているのだとわかり、オデットは恐怖で動けなくなる。噛《か》んだ唇が切れて、血の味がした。

首筋をなぞった男の指先が襟《えり》ぐりから滑り込み、オデットの胸に触れた。

未知の行為に、鳥肌が立った。

「……い、やだ。……ジョン、やめて」

「ああ、あなたでもそのような弱々しい声が出せるのですね。しかし、ジョンなどという男はどこにもいません。ユリウスです。そう呼びなさい」

オデットが首を横に振って拒否をすると、男――ユリウスは罰するように、手をより深く差し入れ、なだらかな丘を上がり、胸の頂《いただき》を指先で摘《つま》んだ。

ひっと声が出る。胸に奔《ほとばし》った痺れるような感覚は、いったいなんなのか。オデットは痺れを外へ流すように息をしながら、無意識に胸を大きく上下させた。

ユリウスは細かなオデットの反応に気づき、もっと引き出そうと触れてくる。

前開きのナイトドレスの紐《ひも》はあっさりすべて解かれてしまった。大きくはだけた部分から、白くささやかな乳房がさらされると、オデットはかっと羞恥で身を熱くさせた。

一人で入浴すらしたことがないオデットにとって、誰かに素肌をさらすことは特別なことではない。なのになぜ、この男の前ではこんなにも追い詰められた気持ちになるのか。

ユリウスがオデットの上に覆《おお》い被《かぶ》さってくる。手首の拘束が解かれていることにも気づかぬほど、意識はただ次に男が何をしてくるかだけに向けられていた。

どくどくと、心臓の音がうるさい。

ユリウスはオデットの身体を抱き寄せ、自分の顔をオデットの胸に寄せてくる。

なぜ、こんな行為が必要なのか、オデットにはまったくわからない。

男女の契《ちぎ》りを交わしたいのなら、さっさと自分の肉欲でできた凶器を突き立てればいいものを。

人形になろう。そう自分に言い聞かせた。何も考えるな。何も感じるな。

婚約者すらいなかったオデットにとって、貞操《ていそう》など、どうしても守らなければならないものではない。黙って耐えればいいのだ。

すべてを遮断するために、オデットはぎゅっと瞼を閉じた。

しかし、直後胸に落ちてきた濡れた生温かい感覚に、目を見開くことになる。

「な、に……？」

自分の胸の上を、ユリウスの赤い舌が這っていた。舐《な》められているのだ。そこから目が離せなくなってしまう。

男の大きな手で揉みしだかれた胸は、淫《みだ》らに自由に形を変えている。それだけではなく、今は触れられていないオデットの胸の先端が、痛いくらいに主張し始めていた。

そこに、息がかかるだけで痺れる。

一瞬だけ、ユリウスと目が合った。オデットが息を呑むと、男の舌はオデットの胸の頂を目指して移動を始める。舌先で乳輪の形を辿ったあと、あろうことかジュッと卑猥《ひわい》な音を立てながら、桃色に染まる胸の蕾《つぼみ》を吸ったのだ。

「あっ、ぐ……っふ」

この辱《はずかし》めに耐えなければ。声を漏らさないように、自分の手を唇に押し当てる。

未経験のオデットでも、このままでは、とんでもない醜態《しゅうたい》をさらしてしまうとわかっていた。

吸いつかれるたびに、全身を駆け巡る甘い痺れはなんなのか。この責め苦は何度繰り返されるのか。

片方の乳房を口で吸い上げられ、もう片方は指でくりくりと摘まれ、弄《もてあそ》ばれる。

「やめろ、はあっ、あ……っん。……やだ、やだ、やめろ!」

呼吸と抵抗の声の隙間から、聞いたことのない自分の嬌声《きょうせい》が漏れ出てしまった。

痛みを感じるぎりぎりの強さで甘噛《あまが》みされれば、じんとした痺れは波のように駆け巡り、下腹部を疼《うず》かせる。

ユリウスはオデットの確かな反応を見て、うっすらと満足そうに笑う。それがオデットを余計追い詰める。

泣くまいと心に決めても、目の奥がツンと痛くなってきた。

「淫らな声も、素敵です」

淫らとは、オデットを蔑む言葉なのだろう。身体はこんなにも簡単に服従してしまうのだと、笑われた気がした。

「さあ、オデット。皇女の鎧《よろい》を外し、生まれたままの姿を見せてください」

ユリウスは黒い騎士の服を着たままだ。自分の衣服は何ひとつ乱してはいないというのに、オデットの身に着けているものは不要なものとして剝《は》ぎ取っていく。

二人は対等ではないのだと、思い知らせるように。

為《な》す術《すべ》もなく、生まれたままの姿にされる。

そして、ユリウスは、露わになったオデットの裸体を見て、驚きの表情を浮かべた。

「刺青《いれずみ》？　これは……いったいなんなのですか？」

視線は、オデットの腹に注がれている。臍《へそ》から下にびっしりと広がっていたのは、青い羽のような紋様。

「……おまえには関係ない」

男から見れば、腹に描かれた紋様は異様に映るかもしれない。美しくない、気味が悪いと忌避《きひ》し、この行為を終わらせてくれるなら好都合だ。

そのはずなのに、ユリウスの顔が歪んでいくのを見て、オデットはなぜか傷ついた。

脱ぎ捨てられたナイトドレスを手繰《たぐ》り寄せ、腹を隠そうと試《こころ》みる。

しかし、ナイトドレスはユリウスに回収され、今度はオデットの届かない場所に放り投げられてしまった。

「嫌なら見るな」

「夫に対して関係ないなどと言ってはなりません。何か悪いものではないのですね？」

「これは、皇女として生を受けた者のお守りだ」

「わざわざ御身《おんみ》を傷つけてまで施したからには、意味があるはずです」

オデットはこの言葉に苛立った。これではまるで、皇女としてのオデットの身体を労《いたわ》っているように聞こえる。

「ただのお守りだと言っているだろう」

「あなたに無害なものならいいです。……では、私からもお守り代わりにひとつ」

ユリウスはまだこの愚かな行為をやめる気はないようだ。どこからか小瓶《こびん》を取り出し、蓋を開けた。

いかがわしいものではないかと疑い、恐ろしくなり逃げようと腰を引くが、狭い寝台に逃げ場などなかった。

「大丈夫です。酷くはしないと言ったでしょう」

とろりと、瓶から彼の手のひらに落ちていったのは、蜂蜜色《はちみついろ》の液体だ。

ユリウスの大きな手が、まだ触れられたことのない部分に近づいてくる。オデットは警戒してしっかりと足を閉じたが、努力は虚しく隙間に割って入られてしまう。

「いやっ」

ねっとりとした感覚を伴《ともな》わせながら、秘部に刺激が与えられた。前の小さな突起に指先が触れただけで、びくんと腰を跳ね上げてしまう。

いやだ、こんな反応はしたくない。今感じたものではなく、別の感覚を取り戻そうと自分の腕に爪《つめ》を立て掻きむしった。

「肌を傷つけるのはやめてください。縛られたくないのなら」

「だったら……おかしな薬を使うな、卑怯者《ひきょうもの》」

乱れてしまうのは、自分の意思ではない。薬のせいで強制的に引き出されてしまっている。そう解釈して非難するが、相手に否定されてしまう。

「これは、ただの香油です」

嘘だ。ユリウスに触れられた部分が、じんじんと痺れて熱い。無理やりにでも、おかしくするつもりなのだと思いオデットは再び暴れた。

しかし、バタバタと足を動かしたことによって、ユリウスの前に秘められた部分をさらすことになってしまう。

足を開くようにして膝を押さえつけられてしまったので、もう為す術もない。

「痛みを和《やわ》らげる効果はありますが、それだけです。もちろん毒ではありません」

だったら、襲ってきた尖《とが》った感覚はなんなのだろうか。いくらオデットがやめろと懇願しても、ユリウスはやめてはくれなかった。

垂らした香油をさらに馴染ませるように、オデットの秘裂を何度も指で擦ってくる。そして、強く反応してしまった隠芽の部分を、指で必要に嬲《なぶ》り始める。

「んっ……そ……れ、や」

声を堪えながら、刺激をやりすごそうとしても耐えきれない。じんじんと湧き起こる痺れは、波のように何度もオデットを襲い、大きくなっていくばかりだ。

ユリウスはやがて、オデットのやわらかな襞《ひだ》をめくり、清めのときですら触れないような奥の道へと指を進ませた。

男の節くれだった指の感覚を、体内で確かに感じる。それはとても大切な場所だったのだろうと本能で察し、眦《まなじり》から一粒の涙をこぼした。

「あっ、あっ……ああっ、もう許して」

感じたくないのに、確かに身体は喜んでいる。

どうして、この男は冷酷な瞳を向けながら、オデットを丁寧に抱くのか。

心と身体を切り離してしまえたら、どんなに楽だろう。

探られた奥から、ぐちゅりと淫らな音がした。ユリウスが塗り込んだ香油のせいではなく、オデットから溢れ出てくる蜜のせいであるのはあきらかだ。

「なぜ泣くのです？　こんなに大切に抱いてさしあげているのに」

ユリウスの口元は出てきた不満とは裏腹に、乱れるオデットを嘲笑っている。二本の指を使いながら閉じた入り口を押し広げつつ、中を探って女の欲望を暴いていく。

「ひっ、ああっ……」

指で届くぎりぎりの奥を何度も擦られ、そのたびにオデットはたまらず喘《あえ》ぎ、花弁をひくつかせてしまう。

「ああ、嫌がっているのではなく、欲しがっているのですね。私を誘っているように蠢《うごめ》いています」

オデットは、否定の意味でふるふると首を振った。

しかし、ユリウスは行為をやめる気がないようで、一度オデットの中から指を抜くと、初めて自分の衣服に手をかけた。

上着を脱ぎ、前をくつろげたところで、オデットの耳の近くに顔を寄せて囁《ささや》く。

「私のものになりなさい。そして……私を憎みなさい」

「憎い……わたくしは、おまえが憎い」

裏切り者に心を許しはしない。最後の抵抗のつもりで睨みつけると、ユリウスはおもしろそうに笑った。

「意志の強さも、好ましいと思います。壊れてしまうよりずっといい。正気のまま、私の存在を直接感じてください。許しなど乞いません。あなたに刻みつけてさしあげる」

そう言って露わにしてきたユリウスの象徴は、秀麗な容姿に似つかわしくないほど、凶悪な姿をしていた。

興奮した男の象徴を見るのは初めてだったが、自分の身体がそれを受け止めることができるわけがないと畏怖《いふ》した。

逃げようとすることなどお見通しなのか、しっかりと膝を押さえられ、香油と蜜で潤《うる》んだ入り口にあてがうと、ユリウスは腰を進めてきた。

「ほら、香油のおかげで痛みは少ないでしょう」

隘路《あいろ》を無理に抉《こ》じ開けられているのだ。圧倒的な質量を感じる。

「く……んっ」

オデットは声を失って、ただひたすら苦しさに耐えた。

それは相手も同じだったのか、少し前まで涼しげにしていた額《ひたい》に、汗を滲ませている。

それでもユリウスはオデットの最奥《さいおう》まで楔《くさび》を打ち込もうとしていた。

身体が悲鳴を上げている。どうしてここまで残忍になれるのだろう。短く荒い息づかいは、まるで獣のようだ。

名前と身分を偽《いつわ》っていたときに見せていた姿とまるで違う。理性や知性など微塵《みじん》も感じられない、これがこの男の本性なのだ。彼はことごとくオデットを裏切る。

「私のものが、あなたの中にちゃんと収まっていますよ」

「うぅっ……」

ユリウスはオデットの腰を浮かせ、わざと繋がっている部分を見せつけてきた。自分がしていることを、オデットの目に焼きつけようとするかのように。

身体の中に大きすぎる凶悪な塊《かたまり》が押し込められている。もう壊されてしまったかもしれないと、そんな悪い妄想がオデットを襲う。

男の陰茎は大きくて硬い。しかしオデットの中はやわらかく繊細《せんさい》なのだ。

「あっ……やっ、やっ……やだ」

恐れに身体が強ばり、余計にユリウスの存在を感じてしまう。それが負の連鎖となって、混乱した。呼吸さえままならない。

「怯《おび》えないでください。痛みは少ないはずです。力を抜いて、心を鎮《しず》めて」

「壊れるっ、もう壊れてしまった」

「壊れはしません。口が利けるのですから大丈夫です。あなたは私を、しっかり受け入れている」

受け入れているのだとオデットに知らしめるように、ユリウスはゆるやかに抽挿を始めた。また、粗悪な寝台が軋む音を上げ始める。

「やっ、あっあぁ……、ん」

「怖いだけではないはずだ」

より強く腰を打ちつけられ、ユリウスはこれ以上先のないオデットの奥の壁を何度も叩く。与えられる刺激が強さを増していった。

「はぁっ……、あん、あっ、ジョン……おねが、い」

やめてと言いたいのに続かない。どうしてこんなことをするのだろう。オデットが苦しんでいるのに、どうしてうっすらと喜びの表情すら見せるのだろう。

「ああ、もっと欲しいのですね」

「ち、……がう」

自分は欲しがってなどいない。都合よく解釈され否定したいのに、オデットの腕は勝手にユリウスにすがりついてしまう。

男の身体というのは、こんなに逞《たくま》しいものだったのか。

香油と蜜で潤んだ陰道は、まるで喜んでいるかのように、中に打たれた熱杭にからみついている。奥からどんどんと淫らな雫が溢れ出し、オデットの入り口は、穿《うが》たれるたびに卑猥な音を立てている。

「あっ、あぁぁ、あっ……もう、……」

おかしくなる。痛いのか、苦しいのか、気持ちいいのか、何もわからない。

ただ、オデットの内側を流れていた感情の奔流《ほんりゅう》が溢れ出し、自らを飲み込んでしまう気がした。

真っ白になる。快楽だけを追い求める、得体の知れないものに造り変えられてしまう。

憎い男の手によって。

「あっ、もう……やっ、ほんとに、ん……やめ……て」

いっそう強く身体を揺さぶられ、オデットはもう何も考えられなくなった。

せり上がってくる強い快楽の波に溺《おぼ》れ、だらしなく涎《よだれ》を垂らしながら、びくびくと身体を痙攣させた。

「オデット、しっかり受け止めてください。これで、あなたは私の――」

オデットが高みに上った直後、ユリウスも剛直をぶるりと震わせた。

ユリウスが放った熱がオデットの腹の内側に広がっていく。ぎゅっと抱きしめられると、オデットは思考を停止させて、このまま腕の中で眠ってしまいたくなった。

しかし、自分の中にわずかに残った矜持《きょうじ》がそれを許さない。

けだるい身体を叱咤し、ユリウスを突き放すようにその胸を押した。

彼とて、理由あって無理に抱いた女を長く側に置きたいわけがない。はっとして、息を乱したまま繋がりを解いてくる。二人の身体が完全に離れたそのとき、オデットの身体は思いもよらない事態に襲われた。

「――っつ」

まじないの紋様が、酷く痛み始めたのだ。その痛みはどんどん広がって、強くなり、内蔵を抉《えぐ》られるような、そんな感覚に襲われた。

「うっ……う、やっ……痛い」

堪えきれず、呻《うめ》き、涙を流すオデットを、ユリウスは不愉快そうに見下ろしてくる。

「泣くほどの痛みはなかったはずです」

ユリウスはオデットが破瓜《はか》の痛みで泣いていると思っているらしい。

否定したいが、返事をする余裕もない。あまりのことに気絶することも許されず、油汗が溢れ出し、がくがくと唇が震えた。

そこでユリウスは、ようやくオデットの異変に気づいた。

「……オデット？」

知らぬ間に腹を押さえていた手をどかされる。オデットの腹部の紋様は、燃えるような赤に変色し、熱を放っていた。

「……なんなんだ、これは。どういうことですか！」

この紋様がなんなのか、オデットは知っている。幼いころ、宮廷魔術師が施したまじないだ。だが、実際にまじないが発動するとどうなるのかまでは知らなかったのだ。

「医者を……いや、これは魔術ですね。魔術師を呼んでまいります」

慌てた様子で立ち上がり、衣服を整えようとしていたユリウスの腕を、オデットは必死に摑んで引き止める。

なぜこんなまじないがかかっているのかを、信用できない者に探られたくない。

いや、本当はそれ以上に一人で置いていかれるのが嫌なのだ。

痛みは治《おさ》まることを知らず、もしかしたら、このまま死ぬ可能性もある。死を望んでいるはずのオデットだが、まじないがもたらす壮絶《そうぜつ》な痛みに死の恐怖が沸き起こる。

「……怖い」

ようやく紡《つむ》ぎ出した言葉は、それ以上続かない。

一人にしないで、一緒にいて、どこにも行かないで、手を握ってほしいなんてとても言えない。

裏切られても、すがりついてしまうような、弱い人間でいたくはないのに。

「大丈夫です。落ち着くまでここにいます」

ユリウスは寝台のふちに腰を下ろし、オデットの手を握り締めてくれる。

さっき強く爪を立ててしまったせいで、彼の手の甲は血が滲んでいたが、それを咎めることもない。

「苦しさの気休めになるのなら、いくら力を込めてもかまいませんよ」

裸のオデットが汗に冷やされて震えると、ユリウスは丁寧に拭って自分の上着をかけてくれた。与えられたぬくもりにオデットは安堵《あんど》する。

最初の強烈な痛みが和らぎ始めるまでに一刻ほどかかった。

呼吸が穏やかになってきたオデットの様子を見て、ユリウスが口を開いた。

「少し、落ち着いてきましたか？」

オデットは横になったまま小さく頷く。

かけられる声が思いのほか優しくて、側にいるのがジョンだと錯覚してしまいそうだった。自分はジョンとあのまま逃げて、一緒にいるのではないかと。

「今のは、なんです？」

「……どうやら、まじないのせいらしい」

「なぜ、危険なものだと言わなかったのです？」

「わたくしも知らなかった。ここまで痛みを伴うなんて……」

「なんのまじないなのですか？」

話したくない。けれど、話さないままでは同じことを繰り返すことになる。

オデットは躊躇《ちゅうちょ》しながら重たい口を開いた。

「……これは、わたくしが決して身籠《みごも》ることがないようにするため、施されたものだ」

ユリウスは目を見開いた。

押しつけられた妻が、実は子を孕《はら》むことすらできないと知らされて、この男はどう思ったただろうか。

どういうつもりで、オデットと情を交わしたのか、その理由はわからない。

しかし男は望んでオデットの中に種を放った。

それが、決して実を結ばない種だと知って、今どんな気持ちなのだろうか。

もしかしたら、ささやかな復讐になったかもしれない。

「そんな……なんのために？　だってあなたは」

たった一人の皇女だった娘。それなのに、こんなまじないがかけられているなんて、ユリウスも、彼の主も理解できないだろう。

こんなまじないを施された己がおかしくて、オデットはくすくすと笑った。笑いながら大粒の涙をこぼした。

§

まじないから発せられる痛みが完全に治《おさ》まった夜更《よふ》けに、ユリウスは「用事をすませてきます」と部屋を出て行った。

それが都の落ちた日の隠し部屋での出来事と重なり、オデットの心を冷やす。

「もう二度と、顔を見せなくていい」

そうすれば狭い部屋に取り残される不安など、感じなくてすむから。

去っていく背中に投げると、ユリウスは振り返り困った顔で笑った。

「そうはいきません。あなたは私の妻ですから」

まただ。今日、何度目かの「妻」という言葉にオデットは強い不信感を抱く。

少し優しくされたからといって、騙されてはいけない。

そもそもこんな苦痛を味わうはめになったのも、男が手酷く抱いたせいだ。もう騙されるなと、何度も何度も自分に言い聞かせ、慣れない寝台の上で身を丸くしながら、その晩は眠りについた。

そうして、結局ここがどこなのか、オデットはこの先どうやって過ごしていけばいいのか、何もわからないまま一人で朝を迎える。

そろそろと起き上がり、自分の置かれている状況を確認してみた。

オデットが今着ているナイトドレスは、ユリウスが去り際に着せてくれたものだ。

肌触りは滑らかで、上質の生地だった。枕元にはガウンが畳《たた》まれていたので、それを肩にかけて部屋の中を見回した。

テーブルと装飾のない鏡台、小さなクローゼットがある。

クローゼットの中を見てみると、いくつかの服がかけられていた。

どれもオデットには馴染みのない、地味なドレスだったが、誰かが着古したものではなく、新品のようで少しほっとする。

ひとつだけある窓のカーテンを開けると、目の前には殺風景な庭と、遠くには、数日前までのオデットの住まいであった宮殿が見える。

まだ、都のどこかにいるらしい。

そこでふと、窓枠に目を留めた。鍵が潰されて開かなくなっている。

「わたくしを閉じ込めておくつもりか？」

部屋の出入り口を確認してみるが、やはり開かない。

「なにが妻だ……」

これではただの囚人《しゅうじん》だ。

やり場のない憤りと不安をぶつけるように、どんと一度大きく扉を叩いた。

マクシミリアンはオデットから皇女の身分を取り上げたが、皇女でない自分などこれまで経験したことがないのだ。

目覚めてベルを鳴らせば召使いが飛んできて、すべての世話をしてくれる。何人もの召使いが、綺麗《きれい》に髪を編み、オデットを飾り立ててくれる。

周囲に人がいるときは、たまに一人になりたいと願ったこともあったが、本当に一人にされると、どうしていいのかわからない。

閉ざされた扉の存在がもどかしく、もう一度力を込めて叩こうとしたとき、ガチャリと金属音がし、ドアノブが回った。

「奥様、お目覚めになられましたか？」

姿を見せたのは、知らない女だった。白髪混じりのふくよかな女。

「食事を用意しましょうね、お腹が空《す》いているでしょう」

「……おまえは誰だ？」

「私はこの家の使用人で、ハンナと申します」

ハンナと名乗った女は言葉こそ丁寧だが、オデットにあまり友好的な態度ではなかった。気に入らないが、それでもこの女しかいないのだからしかたない。

「湯浴みをして、着替えたい」

「はあ？」

オデットの要求に対し、何を言い出すのかと言いたげな、気の抜けた返事をしてくる。

「……着替えたい」

「この家の使用人は私と夫の二人だけです。奥様に専属の侍女はいません。そういう決まりだと伺っています。自分のことはなるべく自分でなさってください。できないことはお教えしますが……」

頭を下げて教えを乞うべきだと、そう言われた気がした。

使用人だというくせに、なぜオデットの要求に黙って応じないのだろう。

しかし、今この空間においての優劣をつけるなら、オデットはあきらかに劣勢だった。

「もういい……どうせ閉じ込めるのだろう？　着替えも湯浴みもいらない」

「奥様が逃げ出さないと約束してくだされば、家の中はご自由に。外はユリウス様とご一緒のときだけです。危険ですから」

「あの男はどこに行った？」

「ユリウス様、もしくは旦那様とお呼びするのがよろしいかと。それと、もう少し女性らしい言葉遣いをなさってはいかがですか？」

オデットはじろりとハンナを睨んだ。失礼にもほどがある。これは叱《しか》りつけていいはずなのに、相手の態度がそうさせてはくれない。反抗したら何倍にもなって返ってきてしまいそうで、オデットは黙り込んだ。

「閉じこもりたくないのなら、食事は食堂で召し上がってください。高貴な身分の方達は寝台で朝食をおとりになるのかもしれませんが、このクロイゼル家ではそうはいきませんよ。食堂は奥の階段を下りたところにありますから、ご自分で来てくださいね」

さっさと出て行ったハンナの足音が完全に消えたあと、オデットは悔しくて地団駄《じだんだ》を踏んだ。

このまま引きこもってしまいたかったが、確かに空腹だ。

部屋の外に出るには、あの女に謝罪して着替えを手伝ってもらうか、自分でどうにかするか、あるいは……。

もう一度クローゼットの中を覗《のぞ》いてみる。前開きのドレスもある。これなら自分一人で着ることができそうだが、質素なドレスを着る価値を見出せず努力を放棄した。

そうして三つ目の選択肢、ナイトドレスとガウン、長い髪も束《たば》ねることなくそのままの姿で食堂に顔を出すと、ハンナは何度も目をパチクリとさせ、最後には盛大なため息を吐いた。

「まあ、いいでしょう。奥様のお席はこちらです」

しぶしぶといった様子で、食事を出してくれる。

スープと固いパンの簡単な食事だったが、地味な見かけから想像したよりもずっとおいしく、温かい食べ物はオデットの空腹を満たしてくれた。

「ユリウス様は午後お戻りになるそうです。お客人もご一緒ということなので、今度こそお支度《したく》をお願いしますね。お手伝いいたしますか？」

もしかしたらハンナもしかたなく、オデットが頼みやすい状況を作ってくれているのかもしれない。

ここで一言、「頼む」と言えばいいのだろう。だが、オデットには素直になれない別の理由があった。

「……わたくしは、誰にも会わない」

「まあ、そんなわがままを！」

我儘なものか。話が通じない苛立ちを抑え、オデットは立ち上がった。

「ごちそうさまでした。たいへんおいしかったです」

妥協できることと、できないことがあるのだ。

ただの我儘ではないと、そう主張したくて、オデットは彼女が望んだ女性らしい言葉遣いで礼を言って、早足で部屋に逃げ込んだ。

結局着替えも、身を清めることもできないままだ。お湯どころか水さえどこに行けばもらえるのかわからず、身体を拭く布もない。最悪の状態で人に会うなんてありえない。

それに、ユリウスが連れてくる人間は、オデットにとってすべて敵だろう。会いたいと思えるわけがない。

内鍵が欲しい。

警戒のために窓の外をこっそりと見張っていると、道の前に立派な馬車が停まる。

降りてきたのは、ユリウスとあと二人……オデットの知っている人物だった。

一人は宮廷魔術師だったサンドラという女で、もう一人は大臣のジベールだ。

二人ともオデットの父に仕えていた、クナイシュ帝国の人間だったはず。

大臣のジベールは〝建築技師のジョン〟の後見をしていたから、マクシミリアンと繋がっていたのだろうと推測していたが、サンドラも寝返っていたらしい。

サンドラはユリウスと親しげに肩を並べ、笑い合っている。

昨日今日知り合った仲ではないのだろう。

かつては魔術師長のお気に入りだった、若い女魔術師の美しく作り込んだ笑みに、オデットは苛立ちを募《つの》らせた。

「……裏切り者ばかりだな」

ユリウスも、ジベールも、サンドラも。同じ仲間同士さぞ気が合うことだろう。しかし、オデットは違う。

サンドラを連れてきたということは、オデットの身体に施されたまじないを、彼女に見せるつもりなのだとわかる。

(冗談ではない。あの女に身体をさらすなんて嫌だ)

不愉快のあまり、オデットは吐きそうになった。

Ⅲ　鳥籠

深夜、ユリウスはクナイシュ帝国のものであった大宮殿の廊下を歩いていた。

かつてオデットの父である皇帝陛下の執務室……今はマクシミリアンのものとなった執務室の扉をノックする。

「入れ」

すぐさま返ってきた声に、ユリウスは執務室の中へと入った。

クナイシュ帝国を平《たい》らげたものの、アニトア国は一気に大きくなったため混乱期にあり、マクシミリアンが処理しなくてはならない仕事は膨大にあり、たいてい夜中でも執務している。

今、マクシミリアンは王となり、ユリウスは彼に仕える騎士だが、もともとは友人関係である。夜遅くにユリウスがマクシミリアンの執務室に向かっていても、それを訝《いぶか》しむ者はいない。

ユリウスがマクシミリアンの執務室に来たのは、彼女に施された魔術について詳しく調査する許可を得るためだ。

すでにユリウスの妻となったオデットだが、あの紋様が滅んだクナイシュ帝国の秘宝であるならば、アニトア国を脅《おびや》かす可能性もある。アニトアの騎士としてマクシミリアンに報告しないわけにはいかない。

何より、妻となった女性があんなにも苦しむものを放置しておくことなど、ユリウスにはできなかった。

長い時間ではなかったとはいえ、オデットの苦しみようは凄《すさ》まじかった。彼女は最初「お守りのようなもの」と言ったが、あんなものが〝お守り〟であるはずがない。

呪術、まじない、なんでもいいが、あれは嫌忌《きひ》すべきものだ。

部屋にオデットを一人残していくのは心配だったが、痛みが引けば落ち着くだろうし、憎いユリウスなどいないほうが心休まるだろう。

書類から顔を上げたマクシミリアンに、ユリウスは少し前に起きたことを報告した。

「なんだそれは？　皇帝は何を考えて一人娘にそんなことを？　皇女は虐《しいた》げられていたわけではないのだろう？」

マクシミリアンは理解ができない、といった様子でユリウスに問いかけてくる。

「間違いなく大切にされていました。少々過保護すぎるくらいだったと思います。ただ、公務もなく、婚約者すらいなかったことは不自然ではありました」

ユリウスの言葉に、マクシミリアンは無精髭《ぶしょうひげ》に触れながら考え込む。

「……やはり秘宝に関係するのか。他にわかったことはあるか？」

「いいえ、何も。有益な情報は口にしない、本人にそう宣言されてしまいました」

「そうか。……しかし、呪術だか魔術だか知らんが気にはなる。秘宝に関係なくとも調べておくべきだろう。お前に任せる」

マクシミリアンは成果がないことを残念がることなく、調査の許可をするとクックッと笑っていた。

口にしないと言うからには、隠したいことがあるということだ。本人は気づいてもいないだろうが、オデットは駆け引きがうまくない。ゆえにマクシミリアンも、オデットをさほど警戒していない。

ありえないほど純粋で素直すぎる。そのくせ皇女としての矜持を持ち、強情な面もある。それは危うくもあり、男の庇護欲《ひごよく》を無性に掻き立ててくる。

彼女の抱えているものがなんであるかわからない今、安全を確保するためにもなるべく外に出さずに部屋に閉じ込めておくべきかもしれない。

「ユリウス、皇女に相当恨《うら》まれているだろう？」

「かまいません、別に。……想定内です」

アニトアの騎士である自分の立場や、身分を偽り潜入していたことを後悔していない。そして、それをオデットに理解してもらおうなどと考えてもいない。ユリウスの目的は別にあるのだから。

マクシミリアンとの話を終え執務室を辞すると、ユリウスは書庫へと向かった。クナイシュ帝国の魔術書を探すためだ。

この宮殿はずいぶんと不可解な造りをしている。ここに限らず、どこの城であっても隠し通路や隠し部屋があるものだが、どこか不気味でさえある。

潜入していたときから不思議に思っていたが、執務室や謁見室、大広間などは特に仕掛けもないのに、宮殿の奥に行けば行くほど複雑で不自然な造りになっていく。大宮殿よりも奥宮殿はそれが顕著《けんちょ》で、オデットと過ごした書庫もそのひとつだ。

奥宮殿の書庫に入ったユリウスは、オデットを閉じ込めた隠し部屋を開けた。

人ひとり入るのがせいぜいな広さしかないそこは一見何もない空間に見えるが、実は別の隠された棚を開放するための仕掛けがある。

灯《あか》りをともし、窓のない真っ暗な空間を照らす。天井と床に隠された金属のチェーンを繋げ、しっかりと固定してから部屋に出ると、隠し部屋入り口のすぐ脇にある棚が吊り上げられ、隠し書架が現れた。

オデットの講義の場として使われていたが、奥宮殿の書庫自体もともと限られた人間しか出入りを許されていなかった。その書庫に隠されていた書架である。そこに収められたものならば、かなり貴重で、禁忌《きんき》とされる魔術が記《しる》された本や公《おおやけ》にするのは憚《はばか》られる歴史について語られた本であるに違いない。

「やはりな……」

隠し書架に並んでいる本は、建国以前の消滅した文化や歴史についてのものが多いようだ。予想通り、魔術に関する本もある。

ユリウスは魔術に関する本を手に取り、オデットにかけられた呪術に関する手がかりを探した。しかし、朝になっても見つけることはできなかった。

ユリウスが隠し書架を元通りにしたところで、三年に及ぶ潜入生活の支援をしてくれていたジベールと、協力者の魔術師サンドラが姿を見せる。あらかじめ、昨夜のうちに連絡をしておいたのだ。

この二人ならオデットに施された紋様のことを知っていると期待していたのだが、大臣だったジベールだけでなく、魔術師であるサンドラでさえ知らなかった。

皇族にしか伝えられていないことなのかもしれない。

オデットの苦しみようを見れば、あれがよいものではないことだけは確かだ。

サンドラから直接呪術を確かめたらわかることがあるかもしれないと言われ、ユリウスはオデットに会わせることにした。

そして、ジベールからある噂を聞き、ユリウスは嫌な予感に顔をしかめた。

§

家に戻ったユリウスを迎えてくれたのは、使用人のオリバーとハンナ夫妻だ。当然だが、オデットが自分を出迎えてくれるわけがない。

「オデットはどうしている？」

ジベールとサンドラを客間に通すと、すぐにハンナに確認を取った。

問いかけられたハンナは、小さくため息を吐く。

「ユリウス様が奥様を迎えられると喜んで来てみれば、まあ、とんだお姫様ですこと。真っ先に湯浴みと着替えを命じられました」

ハンナはユリウスの乳母だ。オデットとの婚姻《こんいん》のために、慌てて生家から呼び寄せた。ユリウスに対しても遠慮がない物言いをする。

「実際にお姫様だったのだから、しかたないだろう。ただの騎士の妻としてもやっていけるように、ハンナが教えてやってくれ」

「そうおっしゃるから、頭ごなしの命令は聞かないつもりで接していたら、お着替えもせず、長い髪もそのままにして、ふらふらと部屋から出てきました。頑《かたく》なに折れないつもりのようです」

「そうか」

オデットにとっては不本意な婚姻だ。騎士の妻として、受け入れるのに時間もかかるだろう。ひとまず今は具合が悪く寝込んでいるわけではないのなら、それでいい。

「でも……食事を終えたら、おいしかったと不本意そうにお礼を言ってくださいましたけれど」

その情景が目に浮かんできて、ユリウスは苦笑した。つられてハンナも笑う。

気位が高いのは、皇女という立場だったのだから当たり前だ。断られても思うようにいかなくとも、喚《わめ》き散らすような無様をさらしたりしない。

何より、本来の彼女は心根の優しい人間である。ただ、湯の準備を整えることがどれだけ大変かなど知らないだけなのだ。

この先、オデットはいくらでも変わっていくことができる。ハンナもその可能性を期待しているのか、目が合うと大きく頷いた。

ユリウスはオデットを皇女に戻すつもりはない。マクシミリアンからも、オデットを亡国の皇女として政治に使うつもりはないと明言されている。だが、ジベールから聞いた噂の件がもし本当ならば、オデットの立場はあまりにも危うい。そのためには、不安の芽は早めに摘んでおかなければならない。

「様子を見てくる」

ハンナの口ぶりから察するに、オデットはまだ着替えもしていないのだろう。

客人にオデットのナイトドレス姿を見せるわけにはいかない。女のサンドラはともかく、既婚者といえどもジベールは男だ。

部屋の前に立ち、扉を叩くが返事がなかった。まさか具合が悪くなったのかと焦《あせ》って扉を押し開けようとすると、ガンと強い音を立て何かが引っかかる。扉の前に何か大きな障害物があるようだ。

「何をなさっているのですか！」

向こう側にいるはずのオデットに呼びかけると、しっかりとした活力のある声が返ってきた。

「今日、ひとつよいことを発見した。小さい寝台は眠るのに適してはいないが、わたくしでも動かせる」

「小さいって……これが普通の大きさなのですが」

確かに彼女が今まで使っていただろう寝台とは違うだろう。身分の高い者が使う天蓋付きの大きな寝台に比べて、この部屋の寝台は大人なら一人でもどうにか動かすことができる大きさだ。

しかし、重いものなど持ったことのないオデットにとって、簡単ではなかったはずだ。

「まさか怪我はしていませんよね？」

早く無事を確認したくて、体重を乗せて強く扉を押すと、寝台が押し戻され一人分の隙間ができる。そこから部屋に滑り込むと、ナイトドレスにガウンを羽織《はお》っただけの姿で、恐ろしく機嫌の悪そうなオデットがいた。

「裏切り者ばかり集まって何をしているのか知らぬが、わたくしを巻き込むな」

窓から見ていたのか、オデットはすでに訪問者について把握しているようだ。裏切り者ばかりとはなかなか辛辣《しんらつ》だが、それは否定せず、ユリウスは彼女の手に傷がついていないかを確認していく。

「気安く触るな。……おまえ、まさかまじないのことをあの女に話したのか？」

「女性の魔術師で、クナイシュのまじないに詳しい人間はサンドラしかいませんから」

「誰が頼んだ！」

オデットは声を荒らげる。

「あなたの身体を、そのままにはしておけません」

「別に不自由はない」

「それでは私が不安なのです」

あのまじないが、オデットの命を蝕《むしば》むものだったらと想像するだけで恐ろしくなる。

「おまえが無体なことをしなければ、わたくしは二度と苦しまずにすむ」

確かにそうだが、無体なことと言われると、ユリウスはおもしろくない。

まじないに苦しめられるまでのオデットは、ただ酷いことをされただけの、哀れな女の反応ではなかったのに。

昨夜、ユリウスがオデットの中に精を放った直後に苦しみ始めた。あの紋様は身籠ることがないようにするための呪術。まじないが発動するきっかけは、たったひとつ。であるならば、少なくともオデットの身体に触れるくらいならば問題ないはずだ。そうでなければ、日常生活に支障をきたしてしまう。

ユリウスが一歩近づくと、オデットはただならぬ気配を感じたのか警戒するように後退《あとじさ》る。ユリウスはそのまま彼女を壁に追い詰め、逃げられないように押さえ込んだ。

……昨日確かに感じた情熱を、強制的に思い出させるつもりで。

「やめ、……ろ」

ガウンをずらし、滑《なめ》らかな肌触りのナイトドレスの上から、胸に触れる。やわらかく弾力のある胸をまさぐっていると、徐々にその中心が存在を主張し始めてきた。

「尖ってきていますよ。ほら、こんなに敏感になっている」

弧を描くようになぞり、オデットにその場所を教える。布越しでもわかるのだろう、自分の身体の小さな変化に、オデットは恥じ入ったように頬を染めていた。

身を守るには頼りないドレスの肩紐を外し、その胸を露わにする。

「食べてほしいとねだっているようです」

小さなベリーの実を食べるように、ユリウスはオデットの胸の先を口に含んだ。吸い上げ、舌で転がし、もう片方も指先でかわいがる。

「やっぁあ、あっ……食べる、な、吸うな！」

本気で嫌なら、もっと暴れることもできるだろう。口に出す言葉よりずっと、オデットの抵抗は弱々しい。

両方の胸を交互に舐め、合間にオデットの高鳴る鼓動が一番よく聞こえる位置に吸いつく。これを見たら、昨晩ユリウスが与えた快楽を思い出させるようにと、自分の痕跡をつける。

「あっ……はぁ」

オデットはしっかりとユリウスの愛撫を感じ取っているのか、足をもじもじと擦《す》り合わせていた。

乳房から口を離し、今度はナイトドレスの裾をめくり上げていく。

腿《もも》から這わせた手を、わざと焦らしてからゆっくりと秘部に滑り込ませると、そこはすでに潤みきっていた。

「濡れていますね。香油がなくても……十分に」

確実に熱に流されていたオデットだったが、そこで初めて怯えた表情を見せる。

ユリウスが、このまま身体を繋げるつもりだと思ったのだろう。

「指だけです。安心してください。私だって苦しむあなたを見たいわけではありません」

むしろ、二度とまじないによる苦しみを味わわせるつもりはない。

ユリウスは、オデットに快楽のみを与えるつもりだった。

オデットの身体を引き寄せ、壁から離し安心させるように背中を撫でる。指先を蜜壺の中に侵入させると、オデットはかわいらしくユリウスの胸にすがりついてくる。

心を許し頼られているような錯覚に、なんとも言えない心地よさと、罪悪感が芽生えてくる。

(あまり、感情的になるのはいけないいな)

ユリウスは一度大きく息を吐き出し、行き場を失ってしまいそうな自分の中の心の葛藤を逃《のが》してやると、あとはオデットの快楽を引き出すことに集中した。

指で届く一番奥を掻き乱したり、腹に近い場所を刺激したりする。

「あっ、あ、っゃあっ……」

抜き差しするたびに、淫らな蜜が溢れ、ユリウスの手を濡らしてゆく。

「やっ、やめっ………、なにか、くる」

「大丈夫ですよ。本当のあなたを見せてください」

耳元で囁くと、オデットの隘路がぎゅっ、ぎゅっと小さな痙攣を始めた。奥から溢れ出しそうなしめり気を、指先の感覚と卑猥に鳴り響く音で感じる。

ユリウスは追い込むように、一番反応のよかったあたりをしつこく攻めた。

「オデット、達してしまいなさい」

「や、あぁあっ、ひっ……やっ、あぁぁ！」

直後、身体を仰《の》け反《ぞ》らせながら、オデットは上り詰めた。ひくひくと痙攣を続ける蜜口からは大量の雫が溢れ、ユリウスの手だけでなく、オデットのナイトドレスを汚していく。

「痛みませんね？」

ユリウスの支えがなければ倒れてしまうほど、弱々しくおとなしくなってしまったオデットに、真っ先に確認した。

やはり男の精を受け止めない限り、まじないは発動しない。ほっとしかけたところで、オデットは小さく呟いた。

「胸が痛い……」

それはきっと心の痛みだ。ユリウスを苛《さいな》んでいるものと同種の……。

「さあ、着替えましょう。身体も軽く拭いてさしあげます。今はそれで我慢してください。ジベール殿の前で、こんな煽情的なあなたを見せられませんから」

「だから……わたくしは、誰にも会わないと言っている」

「このまま抱きかかえられて、あなたの淫らな蜜で汚れたナイトドレスのまま、皆の前に連れて行かれたいのですか」

オデットは言葉を飲み込んで、黙る。

また怯えさせているとわかっているが、ジョンと名乗っていたころならともかく、今は強要すること以外、彼女を動かす術を持っていなかった。

§

ユリウスに強制的に着替えをさせられたオデットは、一階の客間まで連れて行かれてしまう。力の限り抵抗したが抗うことは叶わず、ユリウスに軽々と抱き上げられて応接間の前まで運ばれたオデットは、キンと響いてくる女の笑い声に顔を強ばらせた。

「もういい、今すぐ下ろせ。自分で歩く」

着せられたドレスは地味で着心地もあまりよくない。髪もユリウスが梳《と》いて高い位置でひとつにまとめただけ。化粧《けしょう》もせず、宝石は何も身に着けていない。

対してサンドラは窓から遠目に見ただけでも、魔具なのかただの装飾品なのかわからないが、首飾りや耳飾りをつけて派手に着飾っていた。

競う必要などないのに、なぜこんなにも意識してしまうのだろうか。

ジベールはともかく、過去にサンドラと顔を合わせたのは数えるほど。

だが、オデットはあの女魔術師がなぜか大嫌いだった。

今なら、その理由がわかる。サンドラにはオデットを皇女として敬う気がなかったからだ。言葉に出さずとも、その瞳に態度にそれは現れていた。

今やオデットは皇女ではなく、ただの平民。敵国の騎士の妻にと下賜《かし》された惨めな立場だ。サンドラは裏切りの報酬に、アニトア国で地位を得ているに違いない。

立場が逆転した状態で会えば、彼女が見下してくるのは間違いないだろう。

「寝返り大臣、それと魔術師長の情婦だった女か……よくもわたくしの前に姿を見せられたものだな」

ゆえに、オデットは最初から喧嘩《けんか》を売った。

「オデット！」

ユリウスは慌てた様子で間に割り込んでくる。

ジベールは驚きの表情を浮かべ、サンドラは顔を引きつらせていた。

「オデット、説明していませんでしたが、そもそもこの家はジベール殿からお借りしているものです。本来なら、彼はここに自由に出入りする権利がある。あまり失礼な発言は控えてください。……ジベール殿、妻が申し訳ありません」

「よいのだ、ユリウス。私にとっても皇女殿下は、皇女殿下以外の何者でもない。いや、殿下とお呼びするわけにはもういきませんが……オデット様、本日はあなたにお聞きしたいことがあります」

ジベールはオデットが皇女だったときと同じように、膝を折って敬意を払う。

サンドラはオデットを恐ろしい形相《ぎょうそう》で睨みつけていたが、不機嫌そうに一番遠くの椅子に腰をかけた。

「……わたくしに聞きたいこととはなんだ？」

「単刀直入にお伺いします。秘宝とはなんですか？　クナイシュの秘宝とはあなたのことではないのですか？」

やはりそのことか、とオデットは声に出さずに、ただ嘆息《たんそく》した。

「自分の容姿が宝のように優れていると思うほど、わたくしは己惚《うぬぼ》れてはいない。だが、人が勝手に言っていることなど知らぬ」

話すつもりはもとからない。オデットはわざととぼけた返答をした。

「秘宝を使えば形勢は変わる、まだ間に合うと宰相閣下がそう言って陛下を説得していたのを私は確かに聞きました」

「政治に直接関わっていないから、よくわからない。大臣だったおまえが知らぬことを、わたくしが知っているはずがないだろう」

「皇帝陛下も、宰相閣下も、魔術師長様も、もういらっしゃいません。生き残っている者で知っている可能性があるのは、オデット様一人ではないかと誰もが推測するでしょう。敗残の者達も、秘宝を探しているとの噂です」

「それは、脅《おど》しか？」

「ただ御身を案じているのです」

「白々しい」

ジベールはオデットのどんな些細《ささい》な感情の揺れも見逃《みのが》すまいと、慎重に様子を窺《うかが》っていた。

だからオデットは感情の揺れを見せぬよう、平静を保つ。

「秘宝などない。おまえはクナイシュ皇帝が、国が傾いている状況で、まだ宝を隠し持って独占し続けるような為政者だったと思うのか？　もしそうなら、わたくしは本気でおまえを軽蔑《けいべつ》する」

「いいえ、ですから金や宝石ではないと私達は考えております。何か動かせぬもの、もしくは決して使ってはならない危険なもの。たとえば毒とか武器……違いますか？」

「……秘宝など知らぬ。わたくしに同じことを何度も言わすな」

「わかりました。今日はこれまでにします」

オデットが煩わしげにあしらうと、ジベールはようやく引き下がった。しかし、到底納得した様子はない。

「話が終わりなら、わたくしは戻る」

さっさと踵《きびす》を返そうとしたところで、予想していたのかユリウスに捕まってしまう。

「待ってください。部屋に戻るのはかまいませんが、サンドラに一度しっかり診《み》てもらいましょう」

「必要ないと言っているだろう」

サンドラのほうから断ってくれないかと期待した。しかし、それまで黙っていたサンドラは不気味な笑みで近寄ってくる。

「オデット様、やましいことがないなら見せなさいな。……ユリウス、寝台のある部屋はどこ？」

ユリウスはすばやく行動に移した。オデットが抵抗をする前に、またもや軽々と持ち上げると抱きかかえて歩き出す。

いきなり身体を掬《すく》い上げられたオデットは、バランスを崩して思わずユリウスの首に腕を巻きつけた。ユリウスは慌てるオデットの姿を見て、口角を上げた。自分が優位な立場にあるとでも言いたげな仕草が腹立たしい。

「……覚えていろ」

澄ました横顔が恨めしい。苦し紛《まぎ》れに、肩か首に噛みついてやりたくなった。どうせこの男は動じないだろうが。

ジベールを客間に残し、三人はオデットが使っている部屋に入った。

オデットを寝台に下ろしたユリウスは、拘束のためか脇に座り、手首をしっかり握ってくる。

「あら、ユリウスはそこにいるつもり？　とてもやりづらいのだけど？」

「逃げ出されたり、暴れたりしては困りますからね。それに、妻の身体に関することですから一番近くで見届けます」

「妻って……いつまで続くのかしら？　お役目ご苦労様。お姫様の面倒を見るのに疲れたら、いつでも相談にいらっしゃい。私が慰《なぐさ》めてあげるから」

サンドラはユリウスに話しかけながら、ちらりと視線をオデットに向ける。オデットをわざと挑発しているのだ。子どもだと馬鹿にしているのだろう。サンドラの思惑通りに、心が荒れるのが悔しくてしかたない。

サンドラはそんなオデットを見て、くすりと笑ってみせる。

せめてユリウスが女の失礼な口の利き方を、注意してくれたらよいものを。彼は「冗談はそのへんで」と軽く流しただけだった。

「もう、そっけないのね。私とあなたの間で遠慮しなくていいのよ」

サンドラの媚《こび》を含んだ婀娜《あだ》っぽい声に、オデットの心は今まで感じたことがないほどに大きく揺れる。とにかくこの女とは一緒にいたくない。特にユリウスと親しげに話している様子は不快だ。かといって、それを悟られるのも業腹《ごうはら》すぎる。オデットは感情がこぼれ出ないように心がけながら言った。

「無駄なおしゃべりはいいから、さっさと終わらせろ」

そうして横になり自分からドレスをたくし上げた。下腹部をさらせば、サンドラの表情が真剣なものに変わっていく。魔術師としての興味が湧いたのだろう。

「すごいわ……やっぱり古代魔術ね。噂には聞いていたけれど、まだ使い手がいたなんて。これは魔術師長様が？」

「……そうだ」

「酷いわ、あの方は。……なぜ私に伝授してくれなかったのかしら？」

サンドラは心底悔しそうに言った。その言葉には無駄な色香はなく、純粋に魔術師として知識を欲しているのだとわかる。

だからといってサンドラを好きになれないオデットは、さきほどの意趣返しで辛辣な言葉を吐いた。

「わたくしは魔術師長がそなたのような欲深い女の色香に毒されて、能無しにならなかったことを評価する」

「口を慎みなさいな。もう皇女ではないことをお忘れかしら？　その生意気なお口が永遠に利けなくなる魔術をうっかりかけてしまうかもしれないわよ」

できやしないとオデットは鼻で笑ったが、ユリウスがこの発言に反応した。

「サンドラ！」

冷たく凍るような険しい声音《こわね》だった。ユリウスがただ一言名前を呼んだだけだというのに、サンドラは身を震わせ顔を青くする。

「……いやね、本気じゃないわよ。でも、わからないわ。身籠ることができない呪術なんて、あなたのもとの立場では不都合が多すぎやしない？」

サンドラはごまかすように話を逸らしてきたが、その内容はオデットにはあまり触れられたくない部分だった。

兄も弟もいないたった一人の皇女になぜ？　誰もが不思議に思うことだろう。

貴族の女性であれば、結婚し子を産むことは大事な仕事である。

ましてや皇女であれば、血筋を次代へと繋げるために早く結婚し子をもうけることは義務として当然課せられる立場だ。なのに、それを不可能にする呪術を施される理由など、簡単には思い浮かばないだろう。

「……クナイシュの建国からの言い伝えによると、皇女が子を産むと災《わざわ》いが起こるそうだ」

オデットがそう説明すると、ユリウスは握った手に力を込めてきた。

「馬鹿げています。それを信じてあなたに呪術を？」

ユリウスは珍しく感情を露わにしている。オデットにこんなことをした、父と魔術師長に苛立っているかのように。

「たとえどんなに愚かな言い伝えでも、信じる者がいる。だから、生まれてすぐに父が命じて施したそうだ」

「……なぜ、その話を昨日先に言わなかったのですか？」

「言っただろう。知らなかったのだと。……生まれてからこれまでに、このまじないが発動したのは昨日が初めてだ。わたくしも効力があるのか、正直疑っていた。まさか痛みを伴うものだなんて思いもしなかった」

昨日経験した、臓腑《ぞうふ》を掻き回されるような痛み。大きな力が働き、身体と自然の摂理を強制的に変えてしまっているようだった。これで効力はない、などということはないはずだ。

「サンドラ、早くまじないを解いてください」

ユリウスの言葉に、サンドラはあっさりと首を横に振る。

「無理よ……」

「時間がかかるのですか？」

「いくら時間をかけても解けないわ。これは古代魔術。魔術師長様が生きていたら、解呪も可能だったかもしれないけれど、……私には無理よ」

オデットはそうだろうと予想していたので、特段驚かなかった。

サンドラ程度の魔術師に解呪できる類《たぐい》のものであれば、呪術としても意味は薄くなってしまう。いまさら言われなくても、とっくに受け入れていた現実だ。

なのに、ユリウスの顔が苦しそうに歪む。自分の身体のことではないのに、繋いだままの手からわずかに震えが伝わり、オデットはただただ戸惑った。


ジベールとサンドラが帰っていく様子を、オデットは彼らが来たときと同じように窓から眺めていた。馬車が遠ざかり、完全に見えなくなるとほっと息を吐く。

何もすることがないオデットがそのまま窓の外を眺めていると、部屋の扉が静かに開いた。姿を見せたのはユリウスだ。

まだ日も高い時間だ。騎士服を着ていたから、てっきり彼らと一緒に仕事へ向かったと思っていたのだが、見送りだけして家に留まっていたらしい。

ユリウスは無言のまま立ち尽くしている。何も言葉を発しない。

用がないのならわざわざ来なければよいものを。オデットはため息を吐いた。

ガラスに映るユリウスの視線が重たかった。オデットに何か声をかけようとしてためらっている。もしや慰めようとでもしているのだろうか。

「……結果的に、これでよかったのではないか？」

窓の外に視線を向けたまま、オデットはガラス越しに話しかけた。

「何がよかったのですか？」

「おまえの主人に言えば、この婚姻はさすがに無効になるだろう」

妻として、何ひとつ役に立たないことが判明したのだ。たとえ便宜的なものであっても、押しつけられた妻だとしても、子を孕めぬ女などユリウスとて不要だろう。

もともと、これはまっとうな婚姻ではない。このまま続けたら、ユリウスは自分の子どもを持てないことになる。妻の不妊を理由に婚姻の無効を申し立てればいい。

「いいえ」

ユリウスがそう静かに呟いたので、オデットは呆れ混じりのため息を吐き出した。

「忠義に厚いことだ……忌々しい」

仕える主人に婚姻を命じられたからといって、こんな不毛な関係を継続するなんて……。

ユリウスはアニトア王マクシミリアンに、騎士として心から忠誠を捧げているらしい。

「オデット、……あなたは私を憎んでいるのでしょう」

「なぜそのような当たり前のことを聞く」

「憎んでいるなら、一緒にいるべきです。あなたは私に永遠の苦しみを与えることができる」

ユリウスは苦しげな表情で、掻き口説くかのように訴える。その必死な声に、オデットの胸も苦しくなる。お互いが苦しいのに、どうして一緒にいなければならないのか。理解に苦しむことを彼は言う。

「触れても？」

すっと近づいてきたユリウスが伸ばした手を、オデットはかろうじて制した。

「許すわけ、ないだろう」

「そうでした、許可は必要ないですね。あなたはもう私のものなのだから」

許さないというオデットの言葉を聞く気がないようだ。ただの所有物のように言いながら、オデットの頬を包み込むユリウスの手はどこまでも温かく、優しい。

心にかかった靄《もや》が、晴れていくような気がする。しかし、それはオデットの弱い心が現実から逃げようとしているせいだ。

支配され、自分の意思を消してしまうのはただの敗北でしかない。

「……サンドラと、おまえはどういう関係だ？」

惑わされないよう、わざと嫌な話題を持ち出した。

「今は同じ王に仕えているので、同僚、ということになるのでしょうか。それだけです。あなたが気にかけるようなことは何もありません」

「わたくしは、あの女には二度と会いたくない」

「サンドラが、あなたに失礼な態度をとっていたことは認めます。申し訳ありませんでした。今後はできる限り近づけないようにします。しかし、彼女が優秀な魔術師であることは確かなので、絶対に関わらせないという保証はできません」

「なぜ、おまえが謝る必要があるのかわからない」

オデットが視線で苛立ちをぶつけると、なぜかユリウスが薄く笑った。まるで自分自身ですら理解できずに持て余している感情を、見透かされた気分だ。

「もういい。少し、一人になりたい」

居心地の悪さからオデットは逃げようとしたが、相手はまったく思い通りに動いてくれない人だった。

「具合が悪いのですか？　熱はないようですが……身体が痛むのですか？　乱暴なことはしていませんが……」

ユリウスはオデットの額や首に触れて体温を確認しようとしたり、昨日の情事を思い出させるようなことを口にしたりする。

「違う。ただ、疲れているだけだ」

「わかりました。では——」

ユリウスは、また当たり前のようにオデットを抱き上げる。

「下ろせ、自分で歩ける」

「疲れているのでしょう。すぐに下ろしますから、黙って」

そうして寝台まで連れてくると、オデットの身体を優しく横たえる。

「夕飯まで、そこでおとなしくしていてください。勝手に家の外へは出ないように。何かあったら、声を出して私を呼んでください」

「今朝のように鍵をかけて閉じ込めておけばいいだろう。わたくしはただの囚人《しゅうじん》だ」

「いいえ、あなたは囚人ではありません。私の妻です。あなたがここでの生活を受け入れてくださるなら、私はあなたを大切にします」

「もし、逃げようとしたら？」

「そのときは、本当に囚われの身にしてさしあげます。鎖で繋いでおくのもよいかもしれません」

淡々と冷たい声音で囁かれ、オデットは身を震わせた。きっと、この男はやると言ったらやるのだろう。

「おまえと話をしていると、わたくしはとても疲れる」

もう終わりだと、背を向けて布団にくるまる。オデットの精一杯の拒絶と抵抗だ。

男に支配され、すでに心が麻痺《まひ》しかけているのか？　憎むべき相手に、どうして剝き出しの敵意を向けられないのだろう。

もっと抵抗して、もっと口汚く罵《ののし》って、そしてもっと酷い仕打ちをされてこそ、本望ではないのか。それができない自分が情けなかった。

§

翌日から、オデットはほぼ一日中部屋にこもる生活になった。

食事の時間になると、必ずユリウスかハンナが呼びに来る。食べないことだけは許されなかったので素直に従うが、他はほとんど何も強要されない日々だ。

着替えも、髪を整えることも、やれと言われないからやらない。ハンナも頼まなければ手伝わないと言っていたが、オデットは特に困らなかった。

見かねたユリウスが勝手にオデットの世話をするようになった。

長い髪がからまぬように梳いたり、風呂に入れたり。

だがユリウスは騎士としての任務が忙しいのか、家にいる時間がとても少ない。

「私がいない間、家の中なら好きに過ごしていいのですよ」

オデットが日がな一日何もせず、ただ椅子に座って窓の外を眺めていることに気づいたユリウスは、困惑した顔でそう言った。

「わたくしに何かをさせたいのなら、はっきりそう命じればいい」

皇女だったときは、起床から就寝までの予定がすべてきっちりと決められていた。だから、何もないところから自分で決めて自分で実行するということが、オデットには困難なのだ。

「したいこと、趣味はないのですか？」

「考えたこともない」

「たとえば……刺繍《ししゅう》などはいかがですか？　それとも音楽などは？」

「その教養はわたくしには求められなかった。特にやりたいとも思わないし、できる気がしない」

ユリウスが提案してきたものは、上流階級の令嬢が好《この》んでしている手習いだ。

しかし、オデットが受けていた教育はそこから外れていて、言語や歴史、経済学などが中心だった。それに手先の器用さに自信がなく、暇を持て余した今でも興味は湧かない。

せっかくの提案をはっきり拒絶してしまったせいか、ユリウスに呆れたような大きなため息を吐かれてしまう。「待っていてください」と言い残して一度部屋から出て行き、しばらくすると何冊かの本を手にして戻ってきた。

「今日は、これを読んでいてください。読書は嫌いではないでしょう？」

好きか嫌いかを問われたのではなく、断定的な言い方だ。

確かにオデットは本を読むことは嫌いではない。だが、自分のことを理解しているような態度を取られるのはおもしろくない。

オデットはユリウスから顔を背《そむ》け、机の上に載せられた本の中から一番上に置いてあったものを手に取る。しっかりとした革張りの表紙に、型押しで竜の模様が描かれている本だった。どうやら架空の冒険物語らしい。装丁こそ立派だが、オデットには子どもの読む内容に思えた。

「わたくしが、このような話を好むと?」

「学問の本は読み飽きているでしょうから、別のものを持ってきただけです。この家に所蔵している本はまだ多くないので、今日はこれで我慢してください。読み始めれば、案外おもしろいものですよ」

「わかった……別になんだっていい。退屈なのは確かだから」

ユリウスはそのあとすぐに出かけて行き、残されたオデットは、食事の時間以外ずっと椅子に座って本を読んで、日中を過ごした。

一冊目は、予想通り冒険の話だった。冒険者が竜を探しに行く途中、姫君と出会う。姫君は悪者に攫《さら》われてしまうが、冒険者は竜を仲間にして、閉じ込められた塔《とう》に辿り着き姫君を助ける。

「そうして二人は、幸せに暮らしました……か」

中断せずに読み切ってしまうくらいおもしろかったのに、読み終えたあと、つい皮肉めいた独り言を漏らしてしまう。

物語に出てくるお姫様はいつだって愛され、無条件で守ってもらえる存在だ。たとえひとときの苦難があったとしても、最後は必ず幸せになれる。

でも、現実は違うということをオデットは知っている。必死にもがき努力しても国は滅びるし、オデットを救ってくれる者など現れない。

鬱々《うつうつ》と考え込んでしまったオデットは、作り話と現実を重ね合わせることの愚かさに気づき、別の本を手に取った。二冊目の本は、一冊目より厚みのある異国の童話集だった。

主人公は人だったり、動物だったりと様々だ。結末も多様で、幸福な終わりもあれば、救いのない終わりもある。

好ましいと思える話もあれば、読まなければよかったと後悔するものもあった。

童話集を読み終えるにはかなりの時間がかかり、最後のページをめくったころには外は薄暗くなっていた。

オデットが手元の灯りをつけて三冊目の本を読み始めたところで、コンコンと部屋の扉が叩かれた。てっきり夕餉《ゆうげ》の時間を知らせに来たハンナだと思い、扉の向こう側に向かって「すぐに行く」と返事をした。

そうして、切りのいいところまで読んでしまおうと、開いた本に視線を戻す。

「……気のせいでなければ、あなたは私が朝に出たときとまったく同じ場所にいるのではないですか」

部屋の中に入ってオデットに声をかけてきたのは、ユリウスだった。外出から戻ってきたらしい。

「昼食はとった」

「そうですか」

不服がありそうな顔をされ、オデットはむっとする。本を読んでいろと言ったのは、ほかでもないユリウスだ。

おとなしくそれを守って過ごしていたのだから、咎められる謂《いわ》れはない。

「何か言いたいことがあるなら、はっきり言ったらどうだ」

「あなたは放置していたら、すぐに死んでしまう人だということがよくわかりました」

「幸か不幸か、わたくしは今とても健康のようだ」

いっそか弱く、心も身体も眠るように死んでしまえればよかったのに、あの日から病気ひとつせず今日まで生き延びてしまった。

「今日は何歩、歩きましたか?」

問われ、オデットは真面目に数えてみる。部屋を出るまでには十歩ほど、そこから廊下を通り階段を使い、下の食堂までは昼に一度行っているから、それなりの歩数になる。

「百は超えている」

自信を持って答えると、また盛大なため息を吐かれてしまう。

「本当にずっと本を読んでいたのですね。……このままでは体力が落ちてしまう。食は細いし、風邪でも引いたら酷くこじらせてしまうかもしれません。何か対策を考えます」

「余計なお世話だ」

オデットの健康について、真剣に悩んでいるその姿に胸がざわつく。心配しているのは本心か、それともただの演技か。

（ああ、そうだった。わたくしに死なれては困るのだったな）

クナイシュ帝国の秘密を聞き出す。きっとそれがこの男……否、その背後にいるマクシミリアンの思惑なのだから。

もしも任務を果たせずにオデットを死なせてしまったら、責任問題になるのだろう。オデットは反抗心から、自分の身体に気を配ることをやめようと考えた。

しかし、ユリウス相手に少しだけ学んだこともある。余計なことを口にすれば反撃される。だからオデットは、だんまりを決め込むことにした。

どうせ言葉でも力でも、この男には勝てないのだから。


翌日、ユリウスは突然休暇だと言い出した。

「ようやく準備ができたので、一緒に来てください」

そう言われ案内されたのは、今までいた部屋よりずっと広い部屋だった。バルコニーに繋がる窓は開いていて、若草色のカーテンを揺らしながら入り込んだ風が、外に咲く花の香りを運んでくる。

ここしばらくは窓の開かない部屋で過ごしていたから、吸い込む空気の質まで変わった気がした。

「これからは、この部屋を一緒に使いましょう。あなた好みの大きな寝台を用意しましたから」

彼の指さした方向には、豪華な天蓋付きの寝台がある。もちろん部屋に入ってきた瞬間から気づいていた。

「この部屋を……一緒に？」

「夫婦の寝室です。いつまでここにいるかはわかりませんが、あの部屋よりは過ごしやすいでしょう」

また胸がざわつく。

夫婦だとか妻だとか、頻繁に使われるその言葉がオデットは大嫌いだ。

それに、いつまでいるかわからないとユリウスは言った。

ユリウスがここからいなくなるときとは、オデットが用済みになったときではないか。

夫を演じておいて、いつかオデットを牢獄か処刑台に送るつもりなのではないか。

無意識にオデットは胸を押さえる。

「部屋や寝台が狭くても広くても、自由がないのは一緒だ」

「あなたが前の部屋の寝台が小さいと言っていたから、準備したのですが……」

オデットが喜ばなかったことが、ユリウスは不満だったのかもしれない。また呆れたような顔をされてしまう。

本当は狭くて暗い部屋より、こちらのほうがずっといい。

それなのに、素直に感謝を伝えることはオデットには難しかった。それでも、これ以上ユリウスのため息は聞きたくない。せめてこの部屋でおとなしくしていようと決め、長椅子に向かって歩き出す。

しかしユリウスは、「まだ他にも案内したい場所があります」と言って引き止め、オデットを隣の部屋に連れて行った。

「こちらが私の書斎《しょさい》です。本を徐々に増やしますから、好きに出入りして自分で本を選んでください。いいですか？　自分で選んで自分で片付けるのです。できますね？」

「……できる」

これはきっと言われたことしかしないオデットのため、最低限かつ簡単にできることを提案しているのだろう。ごく普通の日常を、オデットが送ることができるように。

反抗の言葉をなんとか飲み込んで、弱々しく返事をする。

するとユリウスは満足そうに頷いた。向けられた眼差しが、驚くほど優しくてオデットは目を見開く。

ジョンと名乗っていたころに時折見せていたような、否、それ以上に親しい者だけに向けられるような眼差しだった。直視することができず、オデットはすぐに目を逸らす。何も見なかったことにして、ごまかすように、並んでいる本の背表紙を追っていく。

「い、今読むものを探してみる」

「はい、ゆっくり探してください」

耳に届く声まで、優しく感じてしまうのはなぜなのだろう。

オデットは目の前にあった本を適当に選び、手に取るとそのまま逃げ出すように早足で隣の部屋に戻った。ユリウスもあとを追って部屋に入ってきたが、彼などいないものとして、長椅子に座って読書を始める。

その日のオデットは、本を広げても文字が頭に入らず、あとで内容の感想を聞かれても曖昧に答えることしかできなかった。

午後は、ユリウスの勧めで庭を散歩することとなった。

今オデット達がいる屋敷は、クナイシュ帝国の大臣だったジベールが所有しているもののうちのひとつらしい。宮殿との位置関係から推測するに、この屋敷は都の東にある丘のあたりにあるのだろう。

　ユリウスと連れ立って歩きながら、オデットは思わず言葉をこぼした。

「この庭は散歩に適しているのだろうか……」

　それほど屋敷は大きくはないが、庭はそこそこ広い。樹木はたくさん植えられているのだが、あまり手入れがされている様子はない。花壇《かだん》といえるものはなく、たまに自生の野草が花を咲かせているくらいだ。

　季節の花々が咲く完璧に整えられた宮殿の庭しか知らないオデットにとって、あまりにも殺風景な庭で興味が湧くことはなかった。

「花がお好きなら、ご自分で花でも育ててみてはどうでしょう？」

「それは、庭師の仕事だ」

「よい趣味になると思ったのですが。それとも、小鳥や猫でも連れてきましょうか？」

「そういうものはいらない」

「動物は、お嫌いなのですね」

「違う。……昔、宮殿に子猫が迷い込んだから、餌《えさ》を与えようとしたことがある。子どものころの話だが」

　オデットの脳裏に、幼いころの記憶がよみがえる。かわいらしい子猫に手を伸ばしてしまった日の後悔をユリウスに語った。

「その猫は、わたくしを引っ掻いた。それでとても大きな騒ぎになって……危うく殺されてしまうところだった。だからわたくしには、そういったものに触れる権利がない」

そのときの子猫は、皇女を傷つけたことを理由に罰せられそうになった。オデットが必死に訴えて、子猫は罰せられることなく宮殿の外に出されただけですんだが、お腹を空かせていた子猫に餌を与えることはできなかった。

あのあと子猫はどうなったのだろう。子猫の側には母猫の姿も見当たらなかった。

子猫は警戒しつつも人間に近寄って、餌を欲しがった。けれど、助けを求めた人間には怖い思いをさせられ、餌を手に入れることもできず外に放り出されてしまったのだとしたら、生き延びることができなかったかもしれない。

オデットが普通の娘だったら、子猫に引っ掻かれたくらいのことは笑い話ですんだことだろう。しかし、皇女であるオデットが迂闊《うかつ》なことをすると、懸命に生きる小さな命さえ脅《おびや》かす。

今は皇女ではないが、だからといって普通の娘になれたわけでもない。今の自分は明日どうなるかさえもわからない身だ。生き物を側に置くことなど考えられなかった。

ユリウスは俯きながらとぼとぼと庭を歩くオデットの手を取る。

「転んでしまっては、危ないですから」

オデットは驚いてユリウスを見上げると、彼はそんな理由を口にした。過去の出来事を思い出して勝手に落ち込んだオデットを、慰めようとしていることくらいはわかる。

慰める必要も手を繋ぐ必要もないと言いたいのに、オデットは言葉にすることはできなかった。

二人は手を繋いだまま歩き、殺風景で見応えのない庭を眺めた。

「いい香りがする」

オデットは漂ってきた花の香りに歩調を緩めた。午前中、新しい部屋で香っていたものと同じだ。オデットが香りに興味を示したことに気づいたのか、ユリウスは濃い緑色の葉を持ち丸みのある形に剪定《せんてい》された木を指さした。

「あの木の花が香っているのです」

「あれはなんという名の木だ？」

「金木犀《きんもくせい》ですね。花の時が短いので……もうほとんど散ってしまったのが残念です」

はっきりと感じた香りから、大きな花が咲き乱れているのかと思ったが、小さな花が少しばかり開いているだけだった。

その木の下には、橙色《だいだいいろ》の花の絨毯《じゅうたん》ができている。満開の時期を逃していても花が落ちたばかりだったら、さぞかし美しかっただろう。花の香りが気に入っただけに、前夜の雨のせいで落ちた花を泥が汚しているのがなんとも残念だった。

来年、満開の花を見たいとオデットは思った。しかし、すぐにそれは叶わぬことだと思い至る。いつまでここにいるかわからない、午前中にそう言われたばかりだ。

オデットはふいに樹木の向こう側に見える鉄柵《てっさく》の近くに、黒い軍服姿の男が数人いることに気づいた。

「あれは、わたくしの監視か？」

男達が着ている黒い軍服は、ユリウスが着ているものと同じだ。マクシミリアン配下の軍人、もしくは騎士なのだろうと推測できた。

「いいえ、警護です。あなたを手に入れようと狙う輩《やから》が現れるかもしれませんので。でも……」

「でも？」

「あなたが逃げようとするのなら、もちろん彼らはあなたをすぐに捕らえます」

ユリウスはさっきまでの優しかった眼差しは消え失せて、冷え冷えとした視線をオデットに平気で浴びせてくる。

「もしその気があるのなら、今やってみてもかまいません。非力なあなたは、あの柵《さく》すらきっと飛び越えられない。運よく外に出られたとしても、数歩も進まないうちに捕まってしまうでしょう」

そう言いながら、ユリウスは繋いでいた手を放した。できるものならやってみろと言わ

んばかりの表情でオデットを見つめる。オデットには目の前の銀髪の男の本心がまったくわからなかった。

ユリウスは時にオデットの機嫌をとり、時に平気で脅してくる。

騙され、奪われ、惑わされ、転がされ……ただ悔しさが滲む。思わず強く唇を噛み締めると、ユリウスの凍《い》てついた瞳が、ゆっくりと溶けていく。

「……申し訳ありません。意地の悪いことを言いました」

「本当におまえは、意地が悪い」

逃げたいという気持ちがすでに削《そ》がれてしまっている。

ここはオデットの鳥籠《とりかご》だ。籠の中は不思議と居心地がよく、知らぬ間に翼をもがれ、見えない鎖に繋がれてしまったかのようだった。

「わたくしは一人で眠りたい。他人がいると眠れない」

オデットはユリウスにそう訴える。

夜になり、オデットは想定もしていなかったことに困惑していた。

新しい部屋へ連れてこられたときに、ユリウスが言った「一緒に部屋を使う」という言葉がどういう意味なのか深く考えていなかったからだ。

昨晩まで、ユリウスはオデットの長い髪を丁寧に梳かし終えると部屋から出て行った。この屋敷に初めて連れてこられた日以外は、前の部屋でずっと一人で寝ていたのだ。今日もいつものようにするのだろうと思っていた。

しかし今夜のユリウスは「そろそろ眠りましょうか」と、寝台の上にいるオデットの横に当たり前のように寝そべったのだ。

ここに至ってオデットは同じ部屋を使うということは、眠るときも同じ寝台を使うということなのだと、ようやく認識する。

「前の部屋に戻る。あれはあれでもう慣れたから」

「この部屋に慣れてください」

困惑のあまり逃げようとしたオデットに、ユリウスはそっけなく言葉をかける。

ユリウスにとってオデットと同衾《どうきん》するということは、特別関心を寄せることではないらしい。意識しているのは自分だけなのだと、オデットは思い知らされてしまう。しばし逡巡したものの、ユリウスに前の部屋はもう使えないと言われ、オデットもしかたなく布団に入る。背を向けて、ただ普通に眠ればいいのだと自分に言い聞かせた。

オデットのまじないがどういうものか、ユリウスはもう知っている。

魔術師のサンドラにまじないは解けないと説明されてから、ユリウスは一度もオデットの身体にそういう意味では触れてこない。

相変わらず、オデットは着替えも身づくろいもハンナの手を借りる気がない。ユリウスはハンナの代わりに、オデットの着替えをもう何度も手伝っている。あの日以降もユリウスはオデットの肌を見ているが、いつも涼しい顔を崩さない。だからユリウスは、オデットにそういう意味での興味をもう持っていないのだと考えていた。

なのに、なぜ部屋を一緒にしたうえに、同衾《どうきん》しなければならないのか。

ユリウスの真意はさっぱりわからないが、やたらと夫婦を装いたがる節がある。

確かマクシミリアンは「決して甘やかすな。贅沢はさせるな。まだ殺すな」と、ユリウスに命じていたはずだ。ユリウスが任務を怠《おこた》ることがないように、そしてオデットを逃がさないように、もしかしたら屋敷の外だけではなく、中にも監視がいるのかもしれない。

オデットはまとまらないながらも、任務でそうしているのだろうという仮の答えを導き出して目を瞑《つむ》る。しかし睡魔がなかなか訪れない。

触れられてもいないのに、ふと背中にユリウスの体温を感じる。大きな寝台なのに、ユリウスとの距離はどれくらい近いのだろう。

隣で寝返りを打ったのか、衣擦れの音とともに寝台が揺れる。その拍子にユリウスの身体の一部……おそらく腕が、オデットの背中に触れるほど近くに来てしまったようだ。

オデットは眠れ、眠れと己に言い聞かせるがうまくいかない。隣からもまだ規則正しい眠りの呼吸音は聞こえてこない。

なぜか焦燥感《しょうそうかん》に駆られながら、オデットは必死に眠ったふりをした。目を閉じたまま、ゆっくり深く呼吸を繰り返す。こうしていれば、きっといつの間にか本当の眠りに落ちるだろう。しばらくそうしていると、また隣でユリウスの動く気配がした。

「……オデット。眠ってしまいましたか？」

背後からユリウスに耳元で囁かれ、オデットは驚きのあまり危うく身体を震わせてしまうところだったが、ぎりぎりのところで眠ったふりを続けることができた。

しかし、鼓動は確実に速まっている。もしかしたら、耳が赤くなってしまっているかもしれない。夜の闇がそれを隠してくれていることを願うばかりだ。

「あなたは、男女が寝所を共にするということを理解していないのですね」

ため息と共に、ユリウスがオデットの身体に触れてきた。

肩を引っ張られて仰向けにされたオデットは眠ったふりを続けられず、ぱっと目を見開いた。ユリウスは身体を起こしオデットに覆い被さり、間近で視線が交差する。

瞳の色だけは、ジョンと名乗っていたときから変わらない。緑がかった黒の瞳だ。

力任せに押さえ込まれているわけでもないのに、ユリウスの視線に縫い止められでもしたかのように、身動きができなくなってしまう。

「やはり、寝たふりでしたか」

ユリウスはくすりと笑んだ。オデットが寝入っていなかったことを喜ぶように。

オデットは返事をすることもできない。ただ口を開閉させながら、なんとか呼吸をするだけで精一杯だ。

ユリウスの指先が、オデットの首筋に触れる。そこから滑り落ちて、ナイトドレスの隙間に入り込んできた。

「待て……まって、やだ」

ユリウスにナイトドレスを乱され胸を揉みしだかれても、オデットは弱々しい声で抵抗するしかできない。

「黙って」

オデットはただ言われた通り黙って、なるべく声を出さないように堪えながら、必死に考える。

どうしてユリウスはこんなことをするのか。彼がむしゃぶりつく胸の先に、何か価値でもあるのかと——。

その夜以降、ユリウスは毎晩オデットの身体に触れるようになった。

オデットのナイトドレスを乱すだけのときもあれば、すべてを剝ぎ取り露わになった裸体を恍惚《こうこつ》と眺めるときもある。

指で、舌で、丹念に愛撫《あいぶ》し、オデットが一人で達すると終わりになる。

初めて花芯を舌で舐められたとき、オデットはその淫らな行為に酷く混乱した。

ユリウスはオデットの汚れた場所を、おいしそうに舐めるのだ。

サラサラとした銀の髪が、自分の股に埋まっている光景は、直接繋がった最初の晩よりも背徳的に思えた。

敏感な花芽を舌の先で突つかれながら、指で中を刺激されると大量の蜜を滴《したた》らせ、すぐに達してしまう身体になった。

高い場所に上り詰めたあとは、息を切らし火照《ほて》った身体を鎮めるのが苦痛だ。

ユリウスのぬくもりが離れても痺れが治まらない。見つめられただけで、芯がまた疼き始めてしまう。

寝台の上で、ユリウスはシャツの釦《ぼたん》ひとつ外《はず》すことすらなかった。支配される側と、支配する側の立場の違いを教え込まれている気がして、虚しくなる。

退屈な毎日の中で、唯一の刺激がユリウスとの夜の時間。

ユリウスに与えられる快楽に溺れ、この甘い檻《おり》が自分の居場所なのだと安堵を覚える己を自嘲する。

オデットは、ユリウスに飼い慣らされてしまっている自覚があった。

Ⅳ　闇の声

髪を撫でられる感触がする。小鳥の囀《さえず》りが聞こえてくる。

「おはようございます。オデット……朝ですよ」

「ん……」

ユリウスの声を無視して、オデットは朝日の眩《まぶ》しさから逃《のが》れるため毛布に潜《もぐ》り込んだ。

今日もきっと退屈な一日が始まる。今のオデットにとって、朝のまどろみも暇潰しのひとつなのだ。

できれば邪魔をしないでほしい。そう願いながら、夢の世界に戻ろうとすると毛布が引きはがされ眩しさに目がくらむ。

「オデット、起きてください」

いつもなら仕事のときはそっと出て行くユリウスが、オデットを起こそうとしていた。

「…………眠い」

「今日は予定があります。起きてください。外に出かけます」

「外？　出かける？　……庭ではなく？」

庭の散歩には何度か連れ出されているが、屋敷の敷地から外に出ると告げられたのは初めてだ。

ユリウスが表情を曇らせる。何かあまりよくないことがあるようだ。

「オデット、これを」

ユリウスが差し出してきたのは黒いドレス。装飾などほとんどない、わずかに黒のレースが使われているだけの地味なものだ。首もとをしっかり隠す縦襟、手首まで覆う長袖。露出が最低限に抑えられているデザイン。

これは、弔《とむら》いのためのドレスだ。

誰を弔うためのドレスなのか悟った瞬間、オデットは顔を強ばらせた。

「……わたくしは、行かない……」

オデットの硬い声に、ユリウスは眉をひそめる。

「オデット……なぜあなたはいつもそうやって」

駄々《だだ》をこねているだけのように扱われ、オデットはかっとなる。

「行かない。絶対に、だ」

怒りを露わにするオデットに、ユリウスは幼子《おさなご》に言い聞かすような声で言う。

「今日、あなたのお父上の葬礼を執《と》り行います」

「あの男は、わたくしを利用する気か？」

様々な災害に苦しんできた民の多くは、新しい支配者を歓迎するだろう。

しかし、マクシミリアンは反逆の王だ。

国が斜陽化していることにも気づかず、呑気《のんき》に富を貪《むさぼ》っていた帝国貴族の生き残りが、マクシミリアンを受け入れるわけもない。

彼らを効率よく効果的におとなしくさせるには、滅ぼした国の皇帝の骸《むくろ》を見せしめにさらすのではなく、敬意を持って丁寧に葬る必要がある。

そして、葬礼に皇女としてオデットを参列させれば、いまだ混沌としている国に不安を感じている民達は、新たな支配者が寛大であることに安堵し、その支配を好意的に受け入れるだろう。

民を思うなら、オデットは葬礼に参列すべきだ。亡国の皇女として、徒に争いを生むような真似を慎まなくてはならない。だが、一人の娘として父を思うと、葬礼が見世物にされるようで我慢ならなかった。

「マクシミリアン王は死者を冒瀆《ぼうとく》するようなお方ではありません。葬礼は王と私達、あと幾人か最低限の人数でひっそりと行います」

「……」

「あなたは亡きクナイシュ皇帝のたった一人の娘だ。国を失った今でも、それは変わらない。皇帝陛下を見送る身内は、あなたしかいないのですよ」

「葬礼に出たからといって……父上が生き返るわけでもあるまい」

子どもの駄々のような言葉しか出ない自分に、オデットは自嘲の笑みをこぼす。そんなオデットにユリウスは頭を下げる。

「お願いします」

今のオデットは、もはや皇族でも貴族でもなく、ただの平民だ。ユリウスが頭を下げる必要はないし、妻であるオデットを夫として力づくで連れ出すことだって可能だ。なのに、オデットを慮《おもんぱか》り尊重しようとする。オデットはそんなユリウスを理解できない。

どうして？　と戸惑う心を見透かされたのだろう。

「あなたに、後悔してほしくないのです」

また、胸が痛くなる。なぜユリウスがそんなに苦しそうな顔をするのか。本当に彼が自分を心配しているのではないかと錯覚してしまいそうになる。

ユリウスを見ているのがつらくて、オデットは渡されたドレスを抱え込んだ。

一度拒否してしまうと、そのまま拒み続けてしまう幼い自分が嫌になる。小さく了承の意味で頷くことが、オデットの精一杯だった。

朝食後、ユリウスはハンナを部屋に呼んだ。オデットの髪と服を整えるためだろう。

ユリウスはオデットにハンナとの関係について、特に何も言わない。オデットからハンナに歩み寄って良好な関係を築いてほしいようだが、そうしろとは命じてこない。

普段はユリウスに強制的に世話をされてしまうが、彼が早朝から出る仕事がある日などは着替えもせずにオデットは過ごしている。ナイトドレスのままのオデットが食堂に現れると、ハンナは眉をひそめるものの、初日のときのように小うるさいことは言わない。

ユリウスもハンナも自分のことは自分でするように促しながらも、あくまでもオデット自身の意思でそうするのを待っているようだった。

決められたことを決められた通りにこなす生活をしてきたオデットにとって、自分の意思で何かを求めて決めるということはとても難しい。

最初のころは、ユリウスとハンナへの反発心からわざと何もしなかったが、今はただどうしていいのかわからず何もできない。

しかし喪《も》のドレスは正しく着用しなければならないし、髪も整える必要があった。ベールだって必要だ。さすがにユリウスも、公式の場で必要となる淑女の装いを整えることはできない。もちろん、オデットにもできない。

　ハンナに頼むしかないのだが、それもオデットにはできなかった。結局、ユリウスが命じる形になってしまった。ハンナにしてみればおもしろくなかっただろうに、嫌な顔すら見せなかった。

「どんな髪型がよろしいんですか？」

　髪を梳く手つきも丁寧で優しいもので、オデットは戸惑いを隠せない。

「邪魔にならなければなんでもいい。わたくしは自分で髪型を決めたことがないからわからないのだ。……その、お願い……します。ハンナのやりやすいように」

　ぎこちなく、消え入るような声で、オデットはその言葉をなんとか口にする。

　そんなオデットの様子をユリウスが目を細め満足そうに見ていることに気づき、なんとなく居心地が悪くなった。

　綺麗に髪を結い上げられ、久々に化粧を施される。

「あまり濃くならないようにしてくれ」

　そう注文をつけたのは、ユリウスだ。

「ええ、わかっていますよ。奥様は、白粉《おしろい》すら必要ないほどの肌ですからね……でも、ほんの少し頬紅をのせたほうが、健康的に見えます」

「ではそのように」

　オデットは自分の容姿に頓着《とんちゃく》していないが、二人が真剣に話すのを見ていると、こそばゆくて温かな気持ちになる。しかし、黒いドレスを着て黒いベールをつけると、すぐに気持ちは沈んでしまった。

準備が整うと、ユリウスはオデットを連れて馬車に乗りこんだ。

奥宮殿で育てられたオデットにとって、馬車での外出は記憶にはっきりと残っていないくらい久しぶりのことだ。

もしも違う目的であれば、外の世界への探究心が溢れただろう。しかし、父の葬礼のための外出を楽しむ気持ちにはなれなかった。


宮殿の広い敷地の一角にある聖堂に二人は到着する。

聖堂の外には警備のためかアニトアの騎士が大勢いたが、中には目立つ赤い髪の男と、司祭服を着た老人だけしかいなかった。ユリウスの言っていた通り、マクシミリアンは皇帝の葬礼を見せしめに使うつもりはないらしい。

「オデットよ、息災か？」

「……」

親族かと思える気安さで声をかけてくる赤毛の男に、オデットは鼻白《はなじろ》む。

新しい支配者であるマクシミリアンとは、これが二度目の対面だ。オデットはこの男と親しくなろうとは微塵《みじん》も考えていない。

オデットは罵りの言葉を吐き出しそうな口をかろうじて閉ざし、淑《しと》やかにお辞儀だけする。黒いベールを着けていてよかった。そのおかげで、嫌悪と憎悪が浮かんでいるであろう顔を隠すことができる。

沈黙したままオデットが祭壇《さいだん》の前に置かれた石棺《せきかん》に視線を向けると、マクシミリアンは何も言わず司祭と共に石棺から距離を取った。どうやら、オデットに父の亡骸《なきがら》と対面する時間を与えてくれたようだ。

オデットは静かに祭壇に歩み寄る。石棺にはまだ重い蓋がされておらず、銀糸で縁取られた天鵞絨《ビロード》の布で覆われていた。その天鵞絨をそっとずらすと、安らかに眠る父の姿があった。

高貴な者の葬礼は、本来一年をかけて執り行われる。国が滅んでしまった今、もちろん同じようにとはいかないが、マクシミリアンは亡骸をそのまま放置することをせず、美しいままでいられるよう処理を施しておいてくれたらしい。

オデットは自分の感情を持て余していた。悲しみなのか、怒りなのかわからない。けれど、それはオデットの胸を押し潰そうとする。

しかし、生気というものを感じられない存在は、オデットにとって抜け殻《がら》でしかなかった。偉大であり、優しかった父はもういないのだと、ただそれだけを実感した。

「……父上の最期《さいご》を、おまえは知っているのか？」

オデットは後ろに佇むユリウスに問いかける。

「自ら毒を飲まれたと、そう聞いております」

「そうか……」

それはオデットもすでに聞いていたことだ。

父は最期にどんな言葉を残したのか、オデットに何か言葉はなかったのか。結局、何もわからないままだ。

オデットはしばし父の顔を見つめ小さく息を吐くと、マクシミリアンと司祭に目配せをした。

「もう、よろしいのですか？」

ユリウスに確認され、オデットは深く頷く。

「もう、父上はいない。それをはっきり確認できた。……十分だ」

クナイシュ帝国最後の皇帝の葬礼は、参列者三人のみでひそやかに執り行われた。オデットは涙を流すこともなく、司祭の葬礼の言葉を淡々と聞いていた。

葬礼を終えると、マクシミリアンの騎士達が聖堂に入ってきて、石棺を橇《そり》に載せた。石棺はとても重いので、橇を使って聖堂の地下へ運ぶのだろう。

聖堂の地下には皇家専用の墓地がある。亡くなった皇帝と皇妃は全員そこで眠っているのだ。地下への扉が開かれ、ゆるやかな坂の先にある空間に運ばれていく。

オデットはユリウスに手を引かれ、薄暗い地下へと下りていった。

地下に整然と並ぶ石棺は、歴代の皇帝と皇妃のもの。また若くして亡くなった皇子のものもある。

「オデット、これを」

ユリウスはオデットに白い百合の花を差し出す。オデットは花を受け取ると、蓋が閉じられる前に棺で眠る父に手向けた。

葬礼でオデットが父のためにできたのは、たったそれだけだ。

司祭と共に最後の祈りを捧げていると、ふいにベールが何かに揺らされた。窓のない地下室なのに、風でも吹いたかのように。急に百合の花の甘い香りが鼻につき、呼吸が苦しい。縛りつけられたかのように身体が動かない。耳鳴りまでし始めた。

どこかから呼ぶ声が聞こえる
もう、行かなければ
きっと、わたくしを待っている

「オデット、大丈夫ですか？」

ユリウスに肩を揺すられ、オデットは我に返った。とっくに司祭の祈りの言葉は終わっている。

「大丈夫だ……少し、色々考えてしまっただけだ」

強ばる身体を叱咤し、オデットはなんとか口を開いて言葉を紡ぐ。

ユリウスはオデットに心配そうな視線を向けてくる。どうやらオデット以外に、気味の悪い呼び声に気づいた者はいないようだ。ならば、オデットが棺の前で動かず最期の別れに時間をかけても不自然ではなかったはず。

「もう、戻りましょう」

そうユリウスに促され、地上に向かうため踵を返す。

悲鳴のような叫びがオデットにまとわりついてくるが、聞こえないふりをしてその場をあとにした。

帰路につく馬車の小さな窓から、宮殿の荘厳《そうごん》な姿が見える。

宮殿の敷地内にある聖堂の地下は父の眠る場所だが、オデットはもう二度とあそこには行きたくない。

オデットにだけ聞こえたあの呼び声。

あの『声』がなんであるか、あえて考えたくはない。

一介《いっかい》の騎士の妻として下げ渡されたオデットは、もう皇女ではなくただの平民。再び宮殿に赴くことはないだろう。

そのことにほっとしているオデットは薄情で、臆病者《おくびょうもの》だった。

（……父上、どうしてわたくしを残して逝《い》ってしまわれたのですか）

父がオデットを後継者に指名しなかった理由も、為政者としての教育を受けさせなかった本当の理由も、もはや知ることはできない。生きているときに問いかけて答えてくれたとは思えないが、今はもう問いかけることさえできないのだ。

皇帝と皇女という立場を持っていたがゆえに、きっと普通の親娘ではなかったのだろうが、オデットは父を敬愛していたし、父もオデットを愛してくれていた。

本当の意味でオデットを守ってくれる人は、この世のどこにもいない。

父を亡くした意味がようやくわかり、オデットは心細さに震えた。

「よく我慢しましたね。もう誰もいませんから、もっと泣いてもよいのですよ？」

「泣いてなどないだろう」

オデットは即座に否定する。皇女として、感情を露わにしないよう教育を受けている。

そんな自分が父を亡くしたからといって泣くわけがないのだ。

ユリウスはベールを上げると、親指でオデットの目の下をそっと拭った。確かにその場所は濡れていた。視界が水分で歪んでしまう。

自覚したら、ぽろぽろと雫が溢れ出し、オデットは涙を止めることができなくなった。

「おまえのせいだ……」

「申し訳ありません」

「……こういうときは、いちいち指摘せずに黙っているものだろう?」

憎まれ口を叩くと、ユリウスはなぜかオデットの頬を両手で包んだ。

視線が絡み合う。

ユリウスの真摯な眼差しに、オデットの心臓が急に跳ね上がっていく。ただ、ユリウスの黒い瞳を見つめてしまう。

「……オデット、目を閉じてください」

なぜ目を閉じる必要があるのか。

まるで口付けをするかのような近い距離に、いや、きっと違う。ユリウスはオデットに口付けなどしない。今まで一度もしたことがないのだから。

オデットは瞳を閉じるどころか、微動だにできない。

そんなオデットの様子に、ユリウスはやわらかい笑みを浮かべた。その笑みに、オデットはまばたきも、呼吸の仕方さえも忘れてしまいそうになってしまう。

二人の唇が重なる前に馬の嘶《いなな》きと御者の怒声《どせい》が聞こえ、馬車は大きく揺れて急停止した。

直前までのやわらかな空気は消え去り、一気に緊張が走った。

ユリウスは窓から、現在位置を確認する。馬車は宮殿の門を出て、隣接する公園にいるようだった。森林に包まれた公園は奥に池があり、乗馬や舟遊びをする上流階級の人々で賑《にぎ》わう場所だった。戦は終わったが、まだ平穏な日常が戻ってきてはいない今、都の中で一番ひとけのない場所となっていた。

「何が起きたか確認してまいります。あなたはここでじっとしていてください。絶対に外に出ないように」

ユリウスは窓を閉じながらオデットにそう言い聞かせると、警戒しながら馬車から降りた。その直後、言い争うような声と耳障りな金属音があたりに響き始める。

大人数で争う気配に、オデットは思わず馬車の狭い床にうずくまった。何が起きているのかわからないのが恐ろしい。

(全部、あの男のせいだ)

狭い空間に一人取り残され、オデットの脳裏に最悪の日のことがよみがえる。こんなに心を乱されるのも、こんなに恐怖を感じるのも全部ユリウスのせいだ。

今すぐ飛び出して何が起きているのかを確かめたいのに、ユリウスが血を流して倒れているのではないか、そんな悪い想像ばかりして一歩も動けない。

ユリウスは騎士だ。剣を振るい、戦うことができる。けれどオデットは、騎士としてユリウスがどれほどの能力を持っているのか知らない。

オデットが知っているのは〝建築技師のジョン〟なのだ。技官としてオデットの近くにいた彼が、剣を抜いて戦う姿を見たことなどあるわけもない。

「皇女殿下!」

馬車の外から、オデットに呼びかける声が聞こえた。

その声がユリウスのものではないことに、オデットは大きく身体を震わせた。ユリウスはオデットを皇女殿下とは呼ばない。

「皇女殿下! そちらにいらっしゃいますか!」

皇女と呼びかける男の声。

どこかで聞き覚えのある声だと気づき、オデットは恐怖で強ばっていた身体をどうにか動かすと慎重に窓を開けた。

どこから現れたのか、馬車の周囲にはアニトアの騎士達がいる。馬車を守りながら、ならず者相手に戦っていた。オデットは騎士達の中にユリウスの戦う姿を見つけて、無事だったことにほっと胸を撫《な》で下ろす。

何が目的か知らないが、薄汚れた服を着たならず者達は、この馬車を襲撃してきたのだろう。

「皇女殿下! 殿下!」

オデットは失われた称号をしつこく呼ぶ声にはっと息を呑んだ。

（いや、ならず者……ではない）

彼らはクナイシュ帝国の騎士だ。

そして、声を張り上げて皇女殿下と呼ぶ人物は——。

「クスター、……か」

襲撃者達の中心にいる男。襤褸《ぼろ》を纏《まと》っている他の者達より、あきらかに質のよい服を着た男。かつてオデットの警護をしていた近衛騎士。

オデットはあの男が苦手だった。むしろ、嫌ってさえいた。宮殿がアニトア軍に占領される直前、騎士として皇女を守る役目を放棄し、己の部下さえも見捨てて逃げ出した男が、なぜ今になって現れるのか。

窓からオデットが見ていると気づいたクスターは、喜色を浮かべ大きく声を上げた。

「オデット皇女殿下！　助けにまいりました！」

「助け……とは、なんだ？」

オデットは呆然《ぼうぜん》と呟く。

あの男は何を叫んでいるのだろう。

なぜ、自分を皇女と呼ぶ？　もうクナイシュ帝国は滅んだのだ。今日、皇帝陛下を葬礼で見送ったばかりだ。助けに来た？　自分を、か？　いまさらだろう？

驚愕《きょうがく》、混乱、嫌悪がオデットの中に渦巻《うずま》いて、走ったわけでもないのに心拍の速度が上がっていく。じっとりと汗が滲む。

オデットはどうすればいいのかわからなくなり、耳を塞ぎうずくまった。耳を塞いだのは、剣と剣がぶつかり合う音が恐ろしいからではなく、クスターがオデットを呼ぶ声を聞きたくなかったからだ。

襲撃者はクナイシュ帝国の人間だ。たとえ無謀だったとしても、卑怯者のクスターがそこに混ざっていようとも、彼らの忠誠心に感謝すべきなのではないのか。そんな考えが、オデットを責め立てる。

けれど忠誠心を嬉しく思うどころか、オデットはクナイシュ帝国の騎士達がこの場からいなくなってくれるよう願い、ユリウスの無事を祈ってしまう。

皇女として、絶対に持ってはいけない感情だ。

どれくらいの時間が経っただろうか。争う気配が馬車の周囲から消えたことに気づき、オデットは恐る恐る耳から手を離し、外の様子を窺い耳を澄ます。

「オデット……大丈夫ですか？」

馬車の扉の向こうから聞こえた声に、オデットはまるで弾かれたように立ち上がり馬車から飛び出した。

銀色の髪が目に入ると、迷わず抱きつく。

「恐ろしい思いをさせて申し訳ありません。もう大丈夫ですよ」

ユリウスが力強く抱きとめてくれたことに安堵する。しかし、安堵してしまうことに罪悪感を覚えずにいられない。ユリウスは、父と自分を騙した憎むべき男なのだから。

§

オデットは着替えもせずに寝台に身を投げた。

とても疲れているのに心は興奮しているのか、うまく休むことができそうにない。

ユリウスの無事を確認したあと、彼の所属している第七騎士団の騎士達が目立たぬようにオデット達を乗せた馬車の警備についていたと説明された。

そうオデットに説明をしたのは、立派な口ひげと鎧のように頑丈そうな体躯《たいく》を持つ中年の男だ。ユリウスの上司なのだという。確かマルセロと名乗っていたか。

襲撃者の大半は捕縛できたが一部取り逃がしてしまったため、オデットの安全のためにも宮殿に戻るように言われた。

「とにかく一度宮殿に戻っていただきたい。よろしいですな……ええと？　なんと呼べばよいのやら、殿下ではなく……お嬢さん」

いかつい顔のわりにマルセロの言葉は決して強いものではなく、いささか困惑気味の口調だった。

自分達が滅ぼした帝国の皇女であり、部下の妻であるオデットは、マルセロにとって扱いに困る人物なのだろう。マルセロは居丈高に命じるのではなく、オデットをできるだけ尊重しようとしているが、きっと拒否することはできまい。

そう思うものの宮殿に戻るという言葉に、オデットは怖気《おぞけ》立《だ》つ。

オデットにだけ聞こえたあの呼び声。あそこにまた近寄ると考えただけで、身体が震えてしまう。

もし今日の出来事が計画的なものなのであれば、クナイシュ帝国の皇女として見て見ぬふりをするわけにはいくまい。そう自分を奮《ふる》い立たせ、マルセロに応じようとしたオデットをユリウスが止めた。

ユリウスは青ざめて身体を震わせるオデットを心配し、己の上司であるマルセルに言い張り、オデットを強引に屋敷に連れ帰ったのだ。そして、ユリウスは襲撃を受けた当事者として、また第七騎士団の騎士として宮殿へと報告に戻ってしまい、オデットは部屋に一人取り残された。

宮殿に戻らずにすんだことにはほっとしたが、心配だと言いながらオデットを一人にするユリウスにどうしようもなく苛立ちが募っていくばかり。

ユリウスが騎士としての任務を優先するのは当たり前なのに、オデットの中で自分を何よりも優先してほしいという我儘な感情が膨《ふく》れ上がってどうしていいのかわからない。

今日の自分は驚くほどに感情の起伏が激しい。自分が不安定である自覚はあるが、抑え込むことが難しい。

父の葬礼、聖堂での気味の悪い声、そしてクナイシュ帝国の騎士達による襲撃。今日は色々なことがありすぎた。

ふいに、どこからか百合の香りが漂ってきた。

葬礼で捧げた百合から移ったのだろうか。ドレスに百合の花粉がついているのかもしれない。宮殿にもよく飾られていたが、百合の香りは強く、花粉が服につくと取れにくいのだと侍女達が話していたことがある。

嫌いではなかったはずの百合の香りは、聖堂の地下での嫌な気配を思い出させた。

いつもは敵視し邪険《じゃけん》にさえしているのに、ユリウスが側にいない、ただそれだけで不安に駆られてしまう。

無力で役に立たない自分が煩わしくてならなかった。

「オデット、温かい飲み物を持ってきました」

その声にオデットは目を覚ました。ぐるぐると考え込んでいるうちに、少し眠ってしまっていたらしい。帰ってきたときはまだ日が高かったのに、もうすっかり日が暮れてしまっていた。

素直に寝台に寝そべったまま顔だけ上げると、ユリウスは、カップを載せたトレーを手に部屋に入ってくるところだった。

百合の香りを消してくれるようなまろやかな匂いが漂い、オデットは身体を起こす。

「蜂蜜が入った温かいミルクです。あなたは甘いものがお好きなのでしょう」

寝台に腰をかけ手渡されたカップを受け取ると、オデットはこくりと頷く。

ユリウスはいつオデットの好みに気づいたのだろうか。

オデットは甘いものが大好きだ。甘いものを口にすると幸せな気分になれる。

けれど今までは、食事に関して好き嫌いを口にしたことはない。もし好き嫌いを口にすれば、皇女であるオデットに取り入るため嫌いなものの流通を妨げたり、逆に好きなものの流通を拡大させて、市場を混乱させる者が出る可能性があり控えていたのだ。

その習慣から、この屋敷で出される食事にも注文をつけたことがない。

おいしかったと、ただそれだけを伝えていたはずだ。それなのに、ユリウスが気づいてくれたことに、オデットはなぜか面映《おもは》ゆい気持ちになってしまう。

ミルクを飲み終えると、ユリウスに着替えを……と促される。

喪服をいつまでも着ているわけにはいかない。

ハンナに着せてもらった喪のドレスは背中にいくつもの包み釦《くるみ》がついているため、一人では脱ぐことが難しい。簡易な服さえ自分で着替えたことがないオデットは、手伝ってもらわなければ喪服を脱ぐこともできなかった。

着替えのためユリウスに背を向けたオデットは、屋敷に戻ってからずっと頭の中で渦巻いていた疑問を投げかけた。

「今日……わたくしを囮《おとり》に使ったのか？」

なぜ第七騎士団が護衛についていたのか。数人いればすむ護衛に、騎士団まるごと投入する必要などない。これではまるで、今日襲撃されることがわかっていたかのような手際のよさではないか。

クナイシュ帝国の大臣だったジベールが話していた『秘宝の噂』。

それを探している者達は、秘宝の在処《ありか》を知っているもしくは秘宝を隠し持っている可能性があるオデットに接触したいはずだ。だが、アニトアの者達はそれを阻止したいと考えているだろう。敗残の騎士など、できれば一掃したいに違いない。

そのために葬礼を理由にオデットを外へ連れ出し、この身を囮にして秘宝を狙う者達を炙《あぶ》り出す――そんな計画があったのではないか。

参列するようにとユリウスが真摯《しんし》に説得してきたのは、オデットを連れ出すことが彼の任務だったからだろう。

背中の釦がすべて外され、ドレスがストンと床に落ちていく。

シュミーズ姿になったオデットは顔をユリウスに向けた。

真実を話せと、じっと見つめる。

ユリウスは目を逸らすことなく、オデットの問いかけに答えた。

「……襲撃の可能性を考えて、警護の要請はしました。でも、私はあなたを囮になど使いません。あなたの身を危険にさらしたくない」

「どうだかな」

思った以上に皮肉る声が出る。

ユリウスの言葉が事実だとしても、マクシミリアンは違う。あの男はオデットのことなど、ちょうどいい餌程度にしか思っていないだろう。

「……私は一日でも早く、あなたが平穏な生活を送れるようになれればいいと思っています」

「平穏な？　ありえない」

何をどうすればオデットの生活が平穏になるのというのだ。

クナイシュ帝国の民は、決して最後の皇帝とその皇女のことを忘れまい。悪政を敷いたわけではないが、災害に苦しむ民を助けることもできなかった皇族だ。

生き残ったオデットは、ある者にとっては国家を衰退させ自分達を苦しめた憎むべき存在であり、またある者にとっては再び権力を取り戻すために必要な、利用すべき存在なのだから。

もし、もしもだが、皆がオデットのことを忘れてくれるのなら、平穏な生活というものが訪れるのかもしれないが。

オデットは身体ごと振り返り、彼と向き合ってから問いかけた。

「……昼間の者達、わたくしの近衛騎士だったクスターという男がまとめているようだったが、あの者はどうした？　捕まえたのか？」

きっとあの一団の首魁《しゅかい》はクスターだ。

あれは高慢な男だから、誰かの下につくことはできまい。クナイシュ帝国の騎士達の誰もが不自由な逃亡生活を強《し》いられているだろうに、奴《やつ》一人だけ身なりが整えられていた。近衛騎士だったことを笠《かさ》に着て、下位の騎士を傅かせているのだろう。

オデットがクスターの名を口にした途端、それまで平静だったユリウスは憮然《ぶぜん》とした表情になる。

「……あれは逃がしてしまいました」

不愉快そうな声で言う。そんなに取り逃がしたことが悔しいのだろうか。

「あの男が気になるのですか？」

ユリウスの刺々《とげとげ》しい口調に、オデットは苛立ちを感じた。

オデットは昔から、あの男が大嫌いだ。今日、オデットを呼ぶ姿を見かけさえしなければ、思い出したくもない。あの男の存在は不愉快極まりないが、それでも無関心でいることはできない。あの男も一緒にいた騎士達も、クナイシュ帝国で皇帝と皇女に仕えていた者達なのだから。

「わたくしにとって、無関係ではないからだ」

純粋な忠誠心からの行動かわからないが、皇女であるオデットを救おうとしているクナイシュ帝国の騎士達。そして、敵対関係にあったはずなのに、今はオデットを守ろうとするアニトアの騎士達。

どちらが敵であり味方であると認識すればいいのか、オデットは答えが出せない。もはや誰もが敵のようにさえ思える。

「あの男は確かあなたに求婚していましたよね」

「……それがどうした」

瞳に怒りの炎を湛えたユリウスに、オデットは何が言いたいのだと訝しむ。

「もう、あなたは私の妻なのです。忘れないでください」

「妻だと……？」

力を込めて言い放つユリウスに、オデットは頭に血を上らせた。

まるでオデットがユリウスの所有物であるかのような言い草ではないか。

この男にとって妻とはなんなのだ？

「わたくしは、その言葉が嫌いだ」

「私達は結婚したのです。あなたは私の妻だ」

「やめぬか！」

オデットは叫んでいた。これ以上、妻という言葉をユリウスの口から聞きたくない。

王に命じられて押しつけられただけのくせに。

オデットが誰かを伴侶に迎えることのできない身体だと知っているくせに！

「わたくしは、お前の妻ではない」

シュミーズをぎゅっと摑み、噛み締めた唇から苦いものを吐き出す。

オデットはユリウスに何も与えることができない。だからこの関係は不毛だ。

「この婚姻は偽りのもの。わたくしは……妻になどなれない。伴侶とは、わたくしのようなお荷物のことを言うのではない！」

自分の中のどこにこんな激情があったのか。喚く自分のなんとみっともないことか。

そう冷静に思う一方で、オデットは自分の感情を止めることができなかった。

それなのになぜユリウスはどこか嬉しそうに、オデットの言葉を聞いているのだろう。

「……勘違いしそうになる」

「なにを？」

「まるで自分に価値がないから、私の妻でいられないと言っているように聞こえます」

ユリウスは険しくなっていた表情を緩め、口元に淡く笑みさえ浮かべている。この男はオデットの言葉を理解していないのではないだろうか。

「じ、事実だろう。わたくしには、……重大な欠陥がある」

「子ができぬ夫婦は大勢います」

「だが、伴侶を……満足させられない妻は……わたくしくらいだ」

あまりにもユリウスがよどみなく反論してくるものだから、逆にオデットのほうが狼狽《うろた》えて、しまいには声も小さくなってしまう。

男は本能で女の身体を求める。

それは毎晩ユリウスがしてくる行為とは違うもののはず。彼は、自分の欲を吐き出すことができない。

すっと伸びてきたユリウスの手が、オデットの頬をそっと撫でる。

「私を伴侶と思ってくださっているのですね」

「え……いや、ちが……」

ユリウスの思わぬ言葉に、オデットはきっぱりと違うと言い切れない。

「ならばもう、遠慮も手加減もしません。私も満足させていただきます」

ユリウスは突然自分のシャツを脱ぎ始めた。

「なに……を？」

「毎晩あなたにしていることをするだけです。ですが、今日はあなたも同じことを返してください。あなたは私の伴侶なのでしょう？」

オデットはかっと頬を赤く染めた。

今まで一度だって、ユリウスは服を全部脱がなかった。

だから彼の服の下に隠されていた、逞しい肉づきを目にしたのは初めてで、それだけで心臓に悪い。

「ほら、私が脱いだのだから、あなたも自分で脱ぐのです。簡単でしょう？」

「……でき、ない」

目のやり場がなく顔を横に背けていると、無防備になったオデットの首筋にユリウスが軽く噛みついた。

「やっ……」

「痛くはしていないはずですよ。さあ、あなたも同じことをしてください」

「できないと言っているだろう……んっ」

痛みと快感の境界線の強い刺激に耐えかね、オデットが思わず身体を反らすと、ユリウスがそのままオデットを押し倒し、背後から抱きかかえてきた。

ユリウスの肌の熱が、背中越しに伝わってくる。

脇から手を伸ばされ胸への刺激を与えられると、叫びたくなるくらい情欲が高まってゆく。シュミーズの背中は大きく開いていたから、直接触れあう部分がある。わずかに汗ばんでいる男の身体の感触に胸を高鳴らせた。

「肌が、直接触れると心地よいですね」

「うるさ……い」

心を読まれたのかと、かっと羞恥で耳を赤くする。

ユリウスにはその様子がよく見えていたのか、真っ赤に染まっているだろう、熱を持った耳の端を甘噛みされた。

「ああ、あなたは本当に……」

なんと続けようとしたのだろうか。

その先を言わない代わりに、強く抱きしめられる。

(——え？)

身体と身体が密着し、オデットは自分の尻に硬いものが当たっていることに気づいた。

「今日、久々の戦闘でしたから、高揚がどうしても抑えられません」

はあ、と艶《つや》のあるため息をつきながらも、ユリウスはさらに強く、その主張する物体を押しつけてくる。

「私の熱を、鎮めていただけますか？」

ひょいとオデットの腰を持ち上げたユリウスは、唯一身に着けていたシュミーズを取り払ってしまう。ユリウスはオデットに尻を突き出させるような煽情的な体勢にさせ、そこに遠慮なく己の昂《たかぶ》りを押しつけてくる。

「やめろ、……お願いだ、やめてくれ」

今から繋がる気なのかとオデットは怯えた。

まじないの痛みはもう二度と経験したくない。

「大丈夫です。私はあなたを二度と傷つけません。まじないに苛《さいな》まれるようなことをするはずがありません。真似事をするだけですよ」

ユリウスはオデットの溢れた蜜を、自分の剛直にからめるように擦《こす》りつけた。

「あっ……やっ、これ、いや……」

「足を閉じていてください。二人で気持ちよくなれますから」

ユリウスが腰を動かすと、足の間に差し込まれた竿《さお》の先端が、オデットの一番敏感な突起を刺激する。

与えられる快楽そのものよりも、いつもと違うユリウスの荒々しい呼吸が、オデットを密かに喜ばせる。

「あっ……変に、なる……っあ、ああ」

何度も何度も擦られ、そのたびにオデットは甘い嬌声を上げた。

気持ちがよくてたまらない。でもオデットの奥は、他の快楽も与えてほしいと叫んでいる。空っぽの入り口は男のものを欲しがり、だらしなく蜜を垂らす。

「オデット……すごくいいです。そうです……しっかり閉じて」

「あっ……やっ、んっ……はぁ……もう、あぁっ」

耳元でユリウスが囁くと、オデットは身を震わせ簡単に達した。

その直後、ユリウスの熱い飛沫《しぶき》が背中に散る。

「はあっ、ん……あっ……」

絶頂の余韻で敏感になっている肌に感じたひと雫さえ、オデットを切なくする。

しかしこれは、オデットが決して受け入れられない種。

命を脅かす毒のようなものだ。

いっそ毒に侵されてしまいたい。

熱い飛沫をもっと感じたくて、自分の背中に手を伸ばそうとした。

「動かないでください」

届かぬうちに、ユリウスが強い口調で制してくる。

「あなたの背中を汚してしまったので清めないと……万が一ということがありますから」

ユリウスは、裸のオデットを残し立ち上がる。

「おまえはこれで満足なのか？」

「とても気持ちがよかったでしょう？」

違う。

何かが満たされない。最初の晩に本物の激情を知ってしまったからか。

あと先を考えないで、本能のままお互いの身体を貪ることができない自分達は、所詮《しょせん》、真似事の関係にすぎないのだと思い知る。

「わたくしのことなど、捨て置いておけばよいものを……」

事後の処理をするために清める湯を取りにいったユリウスが消えると、オデットは枕に向かって吐き出した。

妻という言葉も、伴侶という言葉も嫌いだ。

絶対にオデットがなることができないものだから。

オデットは初めて、このまじないの存在を本気で憎んだ。

V　嵐の前

（……最近おかしい）

オデットは自分の中にある感情をうまく消化できずにいた。

ユリウスに優しくされるたびに、ジョンと名乗っていたころの偽りの姿と重なって見えてしまう。

ジョンという男に真実はひとつもなく、オデットは虚像に情を抱いていただけだった。

真実を知った瞬間にその虚像は壊れ、憎しみだけが残ったはず。

公園で襲撃に遭った次の日から、ユリウスは今まで以上に忙しそうにしている。

ユリウスが戻らない日が増えるたびに実感する。

ぬくもりなど知らなければよかったと。

夜、一人で静かに過ごしていると、どうしても聖堂の地下墓地で聞いた声を思い出す。

今も確かに聞こえているような幻聴に襲われる。

昼間もそうだが、夜になると幻聴はさらに酷くなる。

幻聴から逃げるために眠りにつけば、夢に気味の悪い大きな影が現れてオデットを地下に引きずり込もうとする。

しかしどういうわけか、ユリウスがオデットの隣で眠っている夜は、幻聴に悩まされることも悪夢にうなされることもない。

ユリウスが何か特別な力を持っているというわけではないだろう。

依存しているのだとしたら問題だ。心の弱い自分に嫌気が差す。

ろくに眠れなかったオデットは、ずるずると自分の身体を引きずるようにして寝台から出ると、居間へと向かった。

このところ、自分の部屋ではなく居間で読書や昼寝をすることが増えている。

昼間なら、居間の明るい窓際に揺り椅子を置いて、ハンナの掃除中の鼻歌や、その夫のオリバーが外で薪《まき》割りをしている音が子守唄代わりになるのか眠ることができるからだ。

勝手気ままな様子のオデットにハンナは呆れているようだが、ユリウスから何か言われているのか、接する態度にそれほど棘はない。

いつものように日の光を感じながらうとうとしようとする。

誰かの足音が聞こえてくる。ハンナが掃除を始めたのだろうと、気にせずまた眠ろうとして、ふと違和感を覚えた。

ハンナの陽気な鼻歌が聞こえてこない。いつもなら軽快に歩くハンナの足音が今日は違う。

「ハンナ……？」

どうにも気になって眠れず声をかけると、窓拭きをしていたハンナが「どうかしました？」と訝しげに応じた。

「どうかしたのかは、こちらが聞きたい。……足を引きずっていないか？」

オデットの言葉にハンナは目を見開いた。

「ええ、まあ。昨日階段を踏み外して足を少し痛めてしまったのですが、たいしたことはありません」

たいしたことはないと言うが、とても辛《つら》そうな顔をしている。

「足が痛むなら、窓拭きなどしなくてもよいだろう？」

ハンナは何が楽しいのか、毎日屋敷の掃除をして磨き上げているのだ。少し休むくらいどうということもないだろうに。たとえ窓が汚れて庭が見えなくなっても、オデットは気にしない。もともと立派な庭でもないのだ。

「……ではあとは洗濯だけにします。今日は天気がいいですからね」

そう言いながら、ハンナが床に置いていた水の入った桶《おけ》を持ち上げようとする。

オデットは思わず立ち上がった。

「……待て、わたくしが持つ」

「なんですって？」

奇妙なものを目にしたような顔で驚かれオデットは自分でも血迷ったと後悔したが、桶を奪うようにハンナから取り上げた。

「わたくしが持つと言っている」

「……では、炊事場に運んでくださいますか」

オデットが一歩も引く気がないのがわかったのか、ハンナは桶を運ぶ場所を指定する。

こくりと頷いたオデットが桶を運ぼうとすると、ハンナはすぐ後ろをついてくる。

オデットを見張るというより、何か失敗しそうで心配なのだろう。

「一人でできるから、おまえ……ハンナは座っていろ。その揺り椅子はなかなか座り心地がいいはずだ」

オデットは自分が座っていた揺り椅子を譲るつもりで指をさしたが、ハンナは首を縦には振らなかった。

「いいえいいえ、洗濯だけはすませたいので一緒に行きますよ」

「そうか」

炊事場に桶を運び片付けたあと、裏の井戸へと向かう。

天気がいいから洗濯をすると言ってハンナがきかないので、しかたなくオデットも手伝うことにした。

ハンナを井戸の側にある腰掛けの石に座らせて、洗濯用のたらいに井戸の水をためて言われた通りにシーツを洗ってみる。

足でじゃぶじゃぶと踏み洗いするのは案外楽しく、自分にもできることがあるのが嬉しくなった。全身を動かすので、いい運動にもなりそうだ。

「あらあら、これでは髪が濡れてしまいますね」

オデットが夢中になって作業をしていると、ハンナが立ち上がり近づいてきた。

そう言われて、オデットは自分の髪が濡れていることに気づく。オデットの金糸の髪は、そのままにしておくと、地面につきそうなくらい長いのだからしかたない。

昔はたくさんの召使いが競うようにして髪を編んでくれたが、今はこの長い髪を持て余していた。

「……邪魔だな。いっそ切ってしまおうか」

「ユリウス様の許可がなければ、だめですよ」

ハンナは持っていた紐で、オデットの髪を簡単にまとめてくれる。なぜ髪を切るのにユリウスの許可が必要なのかわからないが、今のオデットには長い髪はもう必要がないように思う。

「……もうわたくしは皇女ではないから。いつまでもこんな髪をしていたら変だろう？」

オデットが小首を傾げて問いかけると、ハンナは不思議そうな顔でまばたきをした。

「いったいどうなさったのですか？　今日の奥様はおかしいですよ」

「おかしいか……そうだな、どうかしている」

確かにおかしいかもしれない。

自分でも何がしたいのかわからないが、なぜか変わりたいという気持ちが湧き起こって、口から言葉がこぼれ出ていた。

でも同時に変わりたくないという気持ちも追いかけてきて、オデットの中で両方が同じくらいの大きさに膨れ上がっていた。


昨日に続いて今日もユリウスが戻らぬまま、就寝時間がやってくる。

日中、昼寝をせずに身体を動かしたおかげで、いつもと違い心地よい疲れを感じていた。

今夜はよく眠れるかもしれないと寝台で横になるが、オデットはすぐにそれが甘い期待であったと悟る。

やはり聞こえてしまう。唸《うな》るような『大地の声』が。

（一人は嫌だ……）

なかなか暖まらない布団の中で自分を守るように丸まっていると、外から馬車の音が聞こえてきてオデットは飛び起きた。

ユリウスが戻ってきたのかもしれない。

反射的に部屋を飛び出そうとしてしまうが、冷静になろうと寝室にある小さなテーブルの前で本を広げてみる。まったく何をしているのか。これではユリウスの帰りを待っていたようではないか。

ユリウスも、どうせすぐ寝室には来ないだろう。そう考えていたが、間を置かずユリウスが寝室に駆け込むようにして入ってきた。

少し息を切らして現れたユリウスの顔はどこか嬉しそうに見える。

「どうしたのだ？　そんなに急いで」

何かあったのかと身構えたオデットにユリウスは大股で近づき、当たり前のように抱き寄せた。

「今日は、ハンナの手伝いができたとか？」

開口一番に、そんなどうでもいいことを言い出す。

ユリウスが帰宅してすぐに、ハンナが昼間のことを話したのだろう。別に隠そうと思っていたわけではないが、そんなに嬉しげにされると居心地が悪い。

「子どもでもできることが、わたくしにできぬわけがないだろう。大げさだ。騒ぐことではない」

騒がれたら、恥ずかしくなる。まるで何もできなかった赤子が立ち上がったとか、言葉を紡いだとか、そういうものと同列に扱われている気がしてならない。

「ありがとうございます」

なぜユリウスが礼を言うのか。意味がわからない。

オデットが睨んでもユリウスは気にすることなく抱きしめ続け、子どもを褒めるように頭を撫でた。

「やめろ！　…………っ痛」

幼子扱いに耐えきれず無理やり腕から逃れると、オデットの長い髪はユリウスの上着の釦に引っかかってしまった。

「動かないでください、今取りますから」

ユリウスは、釦に絡んだ髪を丁寧に解き始める。

「オデット、あまり離れないでください。引っ張られてやりにくいです」

なんとなく気恥ずかしくて距離を取ろうとすると、ユリウスに注意されてしまう。

「切ってしまえばいいのではないか？」

髪が解かれるのを待つのがもどかしくて、オデットはそんな提案をしてみた。髪に思い入れは特にないし、昼間も切りたいと思ったのだ。

しかし、ユリウスは真面目な顔で却下する。

「あなたの大事な髪を切るなんて、できません」

「……髪は、ちょうど切ろうかと思っていたんだ。邪魔だから、ハンナと同じくらいにしたい。そうすれば……」

「そうすれば？」

ユリウスは一度手を止めると首を傾げる。オデットに向ける瞳に、期待するような雰囲気があるのはなぜだろうか。

「よくわからないが、とにかく髪を切る」

そうすれば、何かが吹っ切れる気がした。

ユリウスの許可などいらない。これは決定事項だ。髪を伸ばすのも短くするのも、オデットの自由なはずだ。そうオデットが、今決めたのだ。

「わかりました。では近いうちに理髪師《りはつし》を手配します」

「わざわざそんなことをしなくても、今ついでに切ってしまえばいいのではないか？」

自分の容姿に無頓着なオデットがそう言うと、ユリウスは慌てて止める。

「絶対にやめてください。ほうきのような頭になってしまうかもしれませんよ」

真剣に諭されたので、オデットは素直に従うことにした。ユリウスの慌てた顔を見られたのが楽しかったからだ。

器用なユリウスの手によって、釦に絡んだ髪は切らずに取ることができ、オデットは無事解放される。

ユリウスの寝支度が整うのを待って寝台に入ると、すぐに眠気がやってきた。

その晩、久しぶりにオデットは悪夢にうなされずに眠ることができた。


翌日。

晴れ晴れとした気持ちで目が覚めた。ユリウスはもう仕事に出かけたようで姿は見えないが、オデットは足取り軽く部屋を出た。そして、ハンナのところに行き、何か手伝えないか自分から尋ねた。

「まあまあ、本当にどうなさったのですか？」

ハンナもユリウスのようにどこか嬉しそうな顔をする。今までオデットが能動的に振舞うことがなかったせいだとはいえ、やはり幼子扱いなのが少し不満だが、拗ねるような真似はしない。

「怪我人と年寄りには、わたくしも優しくするよう心がける」

昨日初めて知ったことだが、使用人の仕事というのは体力が必要だ。ハンナは痛めた足が治っていないし、無理して働けばなかなか治らないだろう。オデットとて、怪我人に優しくするくらいの気持ちは持っているのだ。

「怪我はたいしたことありませんし、私はまだまだ年寄りではありませんよ。ユリウス坊《ぼ》っちゃんの子をお世話して、独り立ちさせるまでは現役でいますからね」

「……」

胸を張って楽しそうに言い切るハンナにオデットは鼻白む。

そんな日はずっとやってこない……と、反射的に言いかけて思いとどまった。

ハンナは「ユリウスの子ども」と言っているだけで、オデットとの間に生まれるかもしれない子どもと限定しているわけではないのだから。

「ハンナ、その考えがすでに年寄りだ」

オデットはズキリと感じた胸の痛みを隠して、憎まれ口でごまかす。

ハンナが昨日できなかった二階の掃除をしたいと言うので、オデットもその手伝いをすることにした。

最初は書斎だ。オデットが運んだ水桶の水で布を湿らせて、ハンナが窓の枠を拭いていく。オデットは、乾いた布で本棚の埃《ほこり》を拭き取っていった。

「そういえば、ハンナはいつからこの家にいるんだ？」

さっきハンナはユリウスのことを〝坊っちゃん〟と呼んだ。

今までの接し方から古くからの関係なのだと察していたが、ユリウスとその周囲の人間のことを何も知らないことを自覚し、改めて気になり出したのだ。

「このお屋敷に私が来たのは、奥様がここへいらっしゃる二日前です」

「そうか。前はどこに住んでいたんだ？」

「ここから北のほうにあるアニトアに住んでおりました。私はずっとユリウス様のご実家クロイゼル本家でお仕えしていたので、都に来るのは初めてでして」

「……っ」

アニトアという地名に、思わず心臓がドキリとする。ハンナに思うところがあるわけではないが、アニトアで蜂起《ほうき》したマクシミリアンに滅ぼされた側としては、つい過敏になってしまう。

そして、やはり……と言うか、ユリウスもアニトア出身だったのだ。ユリウスがアニトア王マクシミリアンを親しげに名で呼ぶのを、オデットは知っている。

だから、ユリウスはマクシミリアンと古くからの友人で、あの男と同じアニトア出身だろうとは思っていた。

黒い髪のジョンという名の青年は本当に幻だったのだと、改めて思い知ってしまう。そのことに何度も何度もいちいち胸を痛める自分が嫌になる。

そんなオデットの様子に気づかず、ハンナはこの屋敷に来た経緯を語る。

「ユリウス様が私に珍しく手紙をくださったと思ったら、都で結婚して屋敷をかまえるからと急に呼ばれまして。アニトアは都からかなり遠いのに、奥様が屋敷に到着する前にはいてほしいとご要望でしたから、間に合うように急いでこちらへまいりました」

オデットはハンナの話に違和感を覚えた。

「……結、婚？」

「どうかしましたか？」

「……ユリウスが結婚するからハンナはここに来たのか？　二日前に？」

つい手を止めて、ハンナに詰め寄ってしまう。

ユリウスがオデットを妻に迎えたのは王命だからだ。

しかも、籤《くじ》などという屈辱的な形で決められた婚姻。

オデットはもちろんのこと、ユリウスだって自分が結婚することになるなど、あの時点まで思ってもいなかったはずだ。

しかし、ハンナはユリウスが結婚をするから呼ばれたのだという。

オデットがこの屋敷に来る二日前、つまり籤で婚姻が決まる二日前までにここに来るようにと指定までされて。

ユリウスには、実は結婚を考えていた大事な女性がいたのではないだろうか。

わざわざ遠くの生家から信頼できる使用人を呼び寄せたのは、その女性を迎えるため。

だが、王命でオデットと婚姻を結ぶことになってしまったために、その女性をここから追い出すことになってしまったのかもしれない。

そう考えると、勝手に胸がざわついた。

ジョンが幻の存在であったと嘆《なげ》き、ユリウスが他の女性と結婚を……と思うと、胸はざわめき黒い感情が湧いてくる。自分で自分がわからない。

「ユリ、ウスに、結婚……する相手……が、いた、のか……」

オデットの唇からこぼれ落ちた言葉に、ハンナは首を縦に振った。

「ええ、そうです」

「だれ……だ⁉」

「誰って、オデット様じゃないですか」

掠れ声で問いかけると、ハンナはわかりきったことをなぜ聞くのかと不思議そうな顔をする。オデットはますます混乱した。

「ユリウスは……アニトア王の命令で、しかたなくわたくしと婚姻しただけだ……」

情報を整理しなければ――。きっとハンナは何か思い違いをしているのだ。

婚姻にまつわる籤が行われた直後、オデットは気を失った。

そして次に目を覚ましたときはこの家にいた。気を失っていたのは数時間だと思い込んでいたが、実は何日も眠っていたのではないだろうか？　その間にハンナがここへ呼ばれたのだ。

そうでなければ、マクシミリアンが籤を引くより前に、ユリウスはオデットとの結婚に向けて準備を始めていたことになる。

「オデット様、なにをおっしゃるんですか。ユリウス様は命じられたからといって、結婚を決めるような方ではございませんよ」

ハンナは腰に手を当てて、幼子を諭すような口調になった。

「以前にも、マクシミリアン様に有力貴族のご令嬢との婚姻を持ちかけられたことがございます。なんせあの御仁はユリウス様が大好きですからね。ユリウス様が騎士のまま終わることがないよう出世の道を整えようとなさっていました」

オデットは動揺して言葉を失った。

不利益しかないお荷物のオデットとは違い、ユリウスの後ろ盾になることができる貴族の娘。そして、健康で子を成すことができるに違いない。

狼狽えるオデットにハンナは微笑む。

「オデット様、ご安心くださいな。きっぱりお断りされています。『出世のために好きでもない相手と結婚するくらいなら、騎士をやめる』とまでおっしゃったとか。ですから、今回だって嫌なら断ったはずですよ」

「嘘だ！」

オデットは思わず叫んでいた。

「嘘だと思うなら、本人に聞いてみてくださいな。他にも、気になることがおありでしたら、もっときちんと話をすべきですよ。ご夫婦なんですから」

ハンナはユリウスからオデットが皇女であったことも知らされたうえで、この屋敷に迎える準備をしていたと話す。

「……嘘だ……」

「私は嘘なんかついたりいたしませんよ。ユリウス様はオデット様を大切になさっています。オデット様だって、それをご存じでしょうに」

「ありえない。その話はおかしい……」

オデットは虚ろな口調で呟く。

もうこれ以上聞きたくなくて、オデットは本棚の拭き掃除を再開させた。ハンナは小さくため息をついたが、しつこく話を続けたりはしなかった。

ありえない。やめてほしい。惑《まど》わすようなことを言うのは。

まるで、ユリウスに心から望まれて婚姻したのだと勘違いしそうになる。

ユリウスは何かにつけて、オデットは己の妻なのだと言って聞かせる。ジョンとして皇女のオデットを連れて逃げることができなかった代わりに、ユリウスとして妻に迎えたかのように。

オデットの弱い心はそれを受け入れたくなってしまうが、心に刻まれた深い傷が騙され

のではないか――と。

るなと警鐘《けいしょう》を鳴らす。

こうやってオデットを手懐けて、クナイシュ帝国の秘宝について話をさせるための罠なのではないか――と。


午前中ハンナの手伝いをしている間も昼食のときも、気づけば悶々《もんもん》とユリウスの真意ばかり考えていた。

午後は部屋で読書をするつもりだったが、まったく集中できない。目は文字を追うが、内容は頭に入ってこないのだ。オデットは諦めて本を閉じると無造作に机に置いたが、すぐに本を持って立ち上がると書斎へ向かう。

ユリウスに本を自分で選んで自分で、もとの場所に戻すと約束した。持ってきた本を机の上に放置して、片付けもできない人間だと思われるのは嫌だからだ。

オデットは書斎の本棚に本を戻し、ふと思い立つ。

「そうだ、ペンを借りよう……」

頭の中を占拠する疑問を書き記して整理してみることにした。

奥宮殿でアニトア軍に捕らえられ囚われの身となってから、この屋敷で目を覚ますまでの記憶が曖昧で、どれくらいの時間が、いや日数が経っているのか正しく把握していない。

書き出して記憶を整理し暦《こよみ》と照らし合わせることで、何か思い違いをしていることに気づくことができるかもしれない。

羽根ペンとインクは、机の上に置いてあった。あとは紙と暦帳があればいい。

オデットは左右にある二つの引き出しのうち、片方の取手にそっと手を伸ばす。

開けるとき一瞬ためらった。勝手に開けていいものなのか。

いや、ユリウスは「自由に過ごしていい」と言っていたではないか。その言葉を免罪符にしてそっと一番上の引き出しを開けると、すぐに未使用の便箋《びんせん》が見つかった。暦帳も同じ引き出しにしまわれていた。

「……」

引き出しの中は綺麗に片付けられていて、まるでオデットが中を見ても問題がないよう整えられているように思える。

確かこの屋敷は帝国の元大臣ジベールに借りているのだと、ユリウスは言っていた。ならば大切なものは他の場所に置いてあるのかもしれない。

大切なものを置いておくならば、やはりアニトアにある生家だろうか。そこでどんな生活をしていたのだろう。なぜ今オデットと一緒にいるのだろう。

そんなことをぼんやりと思い、オデットは自分がユリウスのことばかり考えていることに気づいて呆然とした。

第七騎士団、ユリウス・クロイゼル。

嘘つきの裏切り者。何ひとつ信用ならない男である。

それなのに、ユリウスのことを知りたい欲求は消え失せてはくれない。知りたいという気持ちを抑えきれない。人の秘密をコソコソと暴くような真似はしたくないが、嘘つきの裏切り者に何を遠慮することがあるものか。そう割り切るとオデットはもう片方の引き出しを開けた。

「……なにも、ない？」

机の中は空《から》っぽだ。しかし、引き出しの奥で何かが引っかかる感触がある。もう片方の引き出しを開けたときにはなかった感触だ。

何か変だ。オデットはもう一度便箋が入っていたほうの引き出しを開けてみた。

便箋の入った引き出しと空っぽの引き出しを比べると、その差異は明確だった。

空っぽの引き出しは、引き出せる部分が短い。中を覗いてみると、落下防止の突起に板が引っかかっていて、今以上は引き出すことができない。この引き出しは二重構造になっているようだ。

オデットは指先で慎重に細工《さいく》の構造を探った。板は簡単には外れないようだ。壊してしまえば開くだろうが、さすがにそこまでするのは気が引ける。

何かいい方法がないか考える。

「そうだ……」

着眼点を変えたら、細工を外すのは簡単だった。

引っかかっている板を取り外すのではなく、落下防止のための上部の突起が出ないようにすればいい。落下防止の突起は金属のネジで取りつけられていて、そのネジを緩めてしまえば簡単に取り外せるようになっていた。

それに気づいた瞬間、オデットは楽しくなった。まるで難題を解いたような高揚した気分だ。

オデットは障害がなくなった引き出しを全部引き抜くと、板が隠していた奥に何が入っているのかを確認した。

「なんだ、これは？」

奥にあったのは手巾だ。レースや刺繍で装飾もされていない、ただの白い布。

困惑しながら手に取ってみると、そこから何かがこぼれ落ち床に転がった。オデットは慌ててそれを拾い上げ、手のひらに載せた。

銀色の、硬くて小さい金属でできたもの。

「コイン？　いや違う……これは――」

五角形のその形、中に描かれた二本の剣の紋様にも見覚えがある。これはクナイシュ帝国の騎士団直属の騎士に与えられる徽章《きしょう》だ。

「どういうことだ？　なぜあの男が持っている？」

ユリウスはアニトアの、マクシミリアンの騎士だ。

宮殿を探るために潜入していた彼は、ジョンという偽名で建築技師の経歴を持った技官として帝国に仕えていたのだ。

だから、騎士としての能力を持っていることなど誰も知らなかったし、当然クナイシュ帝国で騎士としての任も与えられていない。

宮殿に帝国の騎士として潜入し、その小道具に使おうとして用意した偽物なのかもしれないが、いまさらわざわざ隠してまで所持する必要はないだろう。

クナイシュ帝国が滅んだ今、こんな徽章など銀貨一枚よりはるかに低い価値しかないのだから。

これをどこで手に入れたのか。なぜ大切な宝物のように隠しているのか。

秘密を探ろうとして、結局オデットが得たのはさらなる謎だけ。

ユリウスという男の謎は、深まるばかりだった。

(余計なことをするのではなかった……。わたくしは本当に愚か者だ)

オデットは自分のはしたない行動を恥じ後悔した。

銀色の徽章を手巾に包み直すと、引き出しの奥へとしまう。そして、見つけたことを誰にも知られないように注意を払いながら、引き出しの細工をもとに戻した。

クナイシュ帝国の騎士団直属の騎士に与えられる徽章。

あれがもし偽物ではなく、本物だったら――。

彼がマクシミリアンの騎士ではなく、クナイシュの騎士――自分のたった一人の騎士だったら――。

なんてくだらない、ありえない妄想だろうか。

徽章を隠し持っている理由をユリウスに問う勇気もないくせに、自分に都合のよいありえない妄想ばかりを考えてしまう。

そのせいで帰ってきたユリウスに対して挙動不審な態度をとってしまったのに、具合でも悪いのかと気遣われ、オデットは黙り込むことしかできなかった。


「まあ！　こんなに長いのに傷《いた》みが少ない髪の方にお会いしたのは初めてです」

ユリウスの手配で屋敷に呼ばれた理髪師《りはつし》の女性が感嘆の声を上げる。

「アニトアの古い風習なのですよ。成人するまで髪を切らないでいると、病知らずで、健やかに育つと」

ハンナが理髪師にオデットの髪が長い理由を説明する。

もちろん、これは作り話だ。

髪を切るにあたって、オデットはアニトアの貴族令嬢で、地方の古い風習で髪を長く伸ばしていたという設定にしたのにには理由がある。

下町の理髪師が宮殿の奥深くで育てられたオデットの顔を知るわけもないが、長く美しい髪を切ったことを吹聴されても困るからだ。

手入れに手間のかかる髪を長く美しく保つことができるのは、高貴な身分の女性である証《あかし》。オデットほど長い髪を持つ女性はそう多くない。長くて美しい髪を持つオデットを見て、理髪師が〝元皇女〟だと連想する可能性がないとは言い切れない。生き残った帝国の騎士達がオデットを探している現状では、用心するに越したことはないだろう。

苦しい設定ではあるが、ハンナの言葉に理髪師は疑問を持たなかったようで、美しい髪を扱えるのが嬉しいのか、楽しそうにオデットの髪を梳き始める。

「お嬢様が愛されてお育ちだということは、髪を見ればわかりますわ」

理髪師は準備のため手を動かしながら、オデットに微笑みかけた。

「お屋敷のご主人は、新しい王様にお仕えしているのですよね」

オデットが小さく頷いた。

ハンナ曰《いわ》く、オデットの話し方は貴族の令嬢らしさがないらしい。彼女は「殿方のような話し方」だと言う。理髪師には、オデットはアニトアの貴族令嬢と偽っている。だから、理髪師との会話はすべてハンナに任せ、オデットは口を利かず頷くだけにしていた。

オデットが口を利かなくとも気にせず、理髪師は話を続け新しい統治者を褒め出した。

「新しい王様はよい方です。戦が始まったときは生きた心地もせず、これから商売がどうなるかと心配しましたが、都は大きく荒れずにすみましたし、すぐに活気が戻りましたもの。前よりずっといいです」

「……」

オデットの心情を慮ったのか、ハンナが心配そうな顔を向けてくる。しかし、オデットは動揺することも怒ることもなく黙って聞き流した。

心の奥底で、処理できない複雑な感情が渦巻いている。

前よりずっといい——この言葉に思うところがないと言えば嘘になる。

ただただ悔しい。

クナイシュ帝国の皇帝だった父は、決して悪政を敷いたりしなかった。貴族達の猛反発を受けながらも、魔術頼りの内政を改める努力をしていた。だが、父が想定していたよりも魔術の衰退は早く進み、災害への対応をしきれなかったのだ。

だが、そんな背景があったことを民に理解してもらおうとオデットは思っていない。

内情がどうであれ、民を守れず苦しめたことは事実だからだ。

為政者に求められるのは、過程ではなく結果だ。

その結果ゆえに、父は最後の皇帝として討《う》たれた。

この屋敷で過ごす日々で、オデットは帝国が滅んだ理由を客観的に捉えることができるようになっていた。

冷静に現実を捉えることができるようになっても、嫉妬《しっと》、羨望《せんぼう》、後悔……美しくない感情はオデットの中にずっと溜め込まれている。それを剝き出しにしたら、刃のように鋭く誰かを簡単に傷つけてしまうだろう。でも、それをなんの罪もない理髪師に向けるほど、オデットは自制心のない人間ではない。

マクシミリアンの統治を民が受け入れ、あの男がこの地と民をよい方向に導くのであれば、それが国にとって一番いいことなのだから。

だから、マクシミリアンの統治が失敗することを望むような浅ましいことはしない。

本当はできることならオデットは皇女として父を支え、いずれは女帝として立ちたかった。マクシミリアンのように、民の期待を背負う統治者になりたかった。

だが、今のオデットは、なんの力も持たない無能な死に損ない。

うっかり死に損なってしまったから、生きながらえているだけだ。

皇女として死ぬこともできず、ただのオデットとして生きる理由もない。それに気づいてしまったら、これからどうしていけばいいのだろう。

理髪師の鋏《はさみ》が、オデットの髪の最初の一房を切り落とした。

考え込んでいるうちに、長かった髪はあっという間に胸のあたりに切りそろえられる。

「いかかですか？　お嬢様」

仕上がりを見せるために、理髪師がオデットの正面に鏡を持って立った。

鏡に映るのは、思ったより代わり映えしない自分。

男のように短くしたわけではないのだから当然だ。だが、結い上げなくても整って見えるのは気に入った。

オデットが「よい」の意味でこくりと頷くと、理髪師はほっとして胸を撫で下ろした。

「ご満足いただけたようで、よかったですわ」

「ええ、ええ！　とてもお似合いだと思いますよ。お嬢様！」

ハンナも賞賛の声を上げた。

「ありがとう」

オデットは小さな声で理髪師に礼を言った。これくらいならば貴族令嬢と話し方が違うことなどわからないだろう。

オデットの言葉に、ハンナと彼女の夫のオリバーが嬉しそうに相好を崩した。理髪師の女性も同じように笑み崩れる。

微笑みかけられることを、こんなに嬉しく感じるのはなぜだろう。

ここが居心地のよい場所へ変化していくように感じるのはなぜなのだろう。

自然と小さく笑んでしまうのが不思議でならなかった。

その日の夜。

仕事で不在だったユリウスが馬車で帰宅したことに気づいたオデットは、この屋敷に来て初めて出迎えのために玄関に足を運んだ。

オデットのゆるやかな足取りに合わせるかのように、短くなった髪が軽やかに揺れる。

綿毛のように飛んでいけるのではないかと思うほど、ふわふわとしていて、なぜかくすぐったい。髪の毛が短くなったぶん、身体も心も軽くなったように感じる。まるで、圧し掛かっていたものが消え失せて、解放されたような気分だった。

長い髪を切っただけ。オデットを取り巻く状況に変化はなく、自分にできることなど何ひとつない。渦巻く感情は変わらず心の底にある。

それでも髪を切ったことで、オデットの中で何かが変わった。何がどう変わったかは説明できないが、軽くなった身体はオデットが玄関へと向かう理由になった。

理髪師を手配してくれたユリウスに礼を言おうと思えた。

オデットが玄関に着くよりもハンナがその扉を開け主を迎え入れるほうが早かった。玄関をくぐったユリウスが階段を降りてくる彼女に気づき軽く目を見開いて微笑んだ。

「オデット、ただいま戻りました」

お帰りなさいと返せばいいだけなのに、なかなか言えずもじもじしてしまう。

「よく似合っていますよ」

ユリウスはさらりと髪型を褒めながら、小さな箱を手のひらに載せて差し出した。

「ちょうどよかった、今日は土産《みやげ》があるんです。新しいあなたへ、これを」

「なんだ?」

「どうぞ、開けてみてください」

オデットは箱を受け取り開ける。中に入っていたのは銀細工《ぎんざいく》の髪飾りだ。薔薇を模《かたど》るのは夜光貝《やこうがい》だろうか。小さいが真珠も使われている。

「……高価なものは、身に着けたらいけないのではなかったか?」

決して贅沢をさせてはいけないと、マクシミリアンから命令を受けているはずだ。なぜだか命令違反を皮肉る気持ちにはならなかった。そんなオデットに、ユリウスは慈《いつく》しむようなやわらかな笑みを向けた。

「以前あなたが持っていたものと比べたら、これは高価ではありません。騎士の妻に相応しいものです」

「そうか……」

オデットはほっと息を吐くと一度箱の蓋を閉じて、そっと抱えた。そして——

「…………あ」

ありがとう。

ただその一言を伝えたいのに、声にならない。言葉に詰まる。

意地を張って素直になれないわけではなかった。突然胸が苦しくなって、目頭が熱くなってしまったのだ。

口を開いたら泣いてしまいそうだ。唇が震えてしまう。

その場にいたハンナも、心配そうにオデットを見ている。

みっともない姿を見せたくなくて、オデットはたまらず背を向けて逃げるように走り出した。

行く場所はひとつしかない。自分の部屋……といっても一人の部屋ではないが、オデットは泣き場所を確保すべく扉を閉めようとした。

しかし、追いかけてきたユリウスに阻まれてしまう。

「少し、一人になりたい」

震える声で必死に訴えているのに、ユリウスはオデットの顔を覗き込んでくる。

俯いて顔を隠してしまいたいのに、ユリウスはオデットの顎を掴んで上を向かせて許してくれない。オデットは瞳が潤むのをごまかすために、キッとユリウスを睨みつけた。けれど堪えきれずに、ぽとりと一粒こぼれ落ちた涙を見て、ユリウスが顔を曇らせた。

「髪を切ってしまったことを後悔しているのですか？」

違うと否定したいのに、それが叶わない。オデットの瞳から大粒の涙がぽろぽろとこぼれてしまう。それを指で拭いながら、ユリウスはオデットを慰めようと言葉を紡ぐ。

「大丈夫です、髪は伸びますから。気に入らなかったらまた長くすればいい」

「そうでは……ない」

「ではなぜ泣いているのですか？」

オデットは幼子のように首を横に振る。

「わたくしの気持ちなど、わかるわけがない」

「わからないから尋ねているんです。泣くほど嫌なことなら我慢しないでください。髪飾りが気に入らなかったのなら、別のものを用意します。あなたはどんなものが好きなのですか？」

オデットは首を小さく横に振りながら、髪飾りを取り上げられないようにしっかりと小箱を抱え込んだ。

「……贈り物など、……らしくないことを。前は……そうではなかった。だからわたくしは……」

あれはまだ、オデットが皇女でユリウスがジョンと名乗っていた最後の誕生日だ。

贈り物もなく、別れの挨拶ついでに「おめでとう」と言ってきた彼に、オデットは「気が利かない」と憎まれ口を叩いた。

あのとき、オデットはせめて咲いている一輪の薔薇を手折って差し出してくれたらと、密かに願ったのだ。

彼が――ジョンが、オデットを想って贈ってくれるものが欲しいと。

薔薇の髪飾りを見て、オデットはあのときの情景を思い出した。

あれからまださほどの月日が経過しているわけではないのに、あまりに色々なことがありすぎて、遠い昔のように感じる。

欲しかったものが、今になって手に入ったことを素直に喜べばよいのか。

贈り主がジョンではなく、オデットが皇女ではなくなったからこそ叶ったこと。

この髪飾りが本当にあのときのオデットが欲しかったものなのかはわからない。

それでもこの髪飾りを「いらない」と突き返すことはできない。この気持ちを素直に表わすことは難しかった。

結局、それ以上言葉を紡ぐことができずまた黙り込む。ぽたぽたと、涙が溢れ出す。

すると、ユリウスのため息が聞こえてきた。呆れて吐かれたものではないと、なんとなくオデットにも伝わった。

「これだけは答えてくれますか？　その髪飾りは嫌ではないんですね」

「嫌、ではない……」

それがオデットの精一杯だ。

「オデット、あなたという人は本当に……」

ユリウスはオデットの名を呼び、愛《いと》おしそうにその身体を抱く。もし髪飾りの箱を持っていなかったら、自分もまたユリウスの背に手を回してしまったかもしれない。

オデットはユリウスの胸を借りたまま、しばらく黙って泣いていた。

やがて涙が引いてくると、いつこの抱擁《ほうよう》を終わらせればよいのかわからなくなる。

「もう、平気だ」

ぼそぼそと呟き身体を放そうとすると、逆にきつく抱き寄せられてしまった。

「なっ、放せ！」

「待って……揺れています」

ユリウスに言われ、オデットははっとする。

地震だ。最初は静かにしていないとわからない程度のものだったが、気づいた直後、建物がガタガタと音を立て大きく揺れ始めた。

窓が壊れてしまうのではないかと不安になるくらい、大きな揺れだ。

「大丈夫ですか？　この地で地震とは珍しい……少なくとも私は初めてです」

オデットの頭上を守るように抱きかかえながら、ユリウスは呟いた。

災害のない地。

三百年、そう言われ続けてきたクナイシュ帝国の都。ユリウスが別の名前を名乗って都にいた期間は短くはなかったが、その彼が初めてだという。

　オデットが大地の揺れを感じたのは、これが二度目になる。

　一度目は……宮殿が制圧される直前。あのときは今回の揺れより小さかったから、騒乱の中にいた者は気づかなかっただろう。

「これから、もっと増えるかもしれない。注意したほうがいい……いや、注意してどうにかなるものではないな」

　オデットは自分で言い出したことを、一方的に結論づけた。そして、忠告などらしくないことをしたと自嘲気味に笑う。

　オデットはユリウスの腕の中から逃れると、持っていた髪飾りを自分の化粧台の棚にしまおうと背を向けた。

「増えるとは、地震がですか？　あなたは何か知っているのですか？」

　ユリウスは探るような眼差しを向けてくる。

「……加護の話を、おまえは信じているか？」

「この国を守る力の伝承ですね」

「それが三百年の月日とともに薄れしまったから、今の状況になった。そしてこの都は、今まで一番恩恵を受けていただけに、どう跳ね返ってくるのかわからない」

「……」

ユリウスは現実主義者だ。不可思議な話は信じ難いのだろう。困惑した表情で沈黙する。ジョンだった時代に魔術の話をしたときも同じような反応だった。多くの人間にとって、伝承とはそんなものだ。

しかし、オデットが冗談を言っているわけでないと理解したのか、ユリウスはしばらく考え込んでから疑問を投げかけてきた。

「もし本当に今まで加護を受けていたのなら、どうしてほころびが？　その加護を取り戻すことは、不可能なのでしょうか？」

「ほころんだのは、長い歳月のせいだ。取り戻すことができるのなら……とっくにやっていた。父上は加護の消失は不可避と判断した。だからそれに代わるもの……技術で補おうとしていたのだ」

だからこそ、ユリウスはジョンとして宮廷に潜入できたのだ。そうでなければ、宮殿の奥深くに平民が入り込むことなどできない。

「加護の話は、マクシミリアンにしてもよろしいですか？」

ユリウスの口から思わぬ名前がこぼれ出て、オデットは眉をひそめた。

「別にかまわない。……赤毛の王とはどういう関係なのだ？　ずいぶんと親しいようだが」

「出身地も近いですが、出会ったのは隣国に留学しているときです。今から五年ほど前の話です。私の友人があの人の仲間と揉めごとを起こして、喧嘩を仲裁している間に、意気投合しました。本当に偶然の出会いです」

「偶然か。おおかた武器でも買いつけに行っていたのだろう。しかし、留学経験があるというのは本当のことだったのだな」

オデットはつい皮肉めいた言葉を口にしてしまう。ユリウスとそんな話をしたいわけではないのに。

「留学だけでなく、建築技師というのも嘘ではありません。いつか――」

「いつか？」

「いえ、やめておきましょう。被害がなかったか、確認に行ってまいります。遅くなるでしょうからあなたは先に休んでいてください」

ユリウスは服を着替える暇もなく再び出て行こうとする。

「今、行かなければならないのか？　あの者には他にたくさんの部下がいるだろう？」

余計なことを口にしなければよかったと後悔してしまいそうだ。

夜は寂《さび》しい。誰かに側にいてほしい。

ユリウスはマクシミリアンに仕える騎士だから、何かあればあの男の側に行くのは当たり前だ。でもオデットは主君に忠実なユリウスを見るたびに、むかむかとした不快感が湧き起こってしまう。

それは嫉妬と呼ばれる類のものなのだろうか。認めたくはないが、他になんと表現すればいいのかわからない。

オデットの拗ねたような口調に、ユリウスは戸惑いつつも早く帰る約束をする。

「なるべく早く戻ります」

「……わかった。気をつけて」

オデットはユリウスに初めて見送りの言葉をかけた。

その言葉にユリウスは嬉しそうに微笑んだ。

オデットはほんの一瞬息を呑む。どうしてユリウスはこんな些細なことに喜び、自分に対してそんな笑みを向けるのだろう。どこまでも不可解な男だった。

ユリウスを見送って部屋に戻ったもののオデットは眠ることができず、無理に眠ろうとするのをやめた。一人の夜は悪夢を見てしまいそうで恐ろしかった。

(夜眠るのが怖いのなら、明日昼寝をすればいい)

そう考えて、オデットは自分の変化におかしくなった。

まさかこんな堕落した考えができるようになるとは思いもしなかった。皇女として決められた生活スケジュールを守っていたころのオデットなら、こんなことを考えさえしなかっただろう。

夜起きているならばと、オデットはずいぶん昔の書庫での出来事を思い出して難しい本を読むことに決めた。

寝室を出て、ユリウスが書斎にしている隣の部屋に入る。奥の本棚から、一番分厚い外国語で書かれた本を選んで手に取った。難解な文字で書かれた本だ。

部屋に戻ったオデットは、ランプをつけて長椅子に座り、本を読み始めた。

しばらくすると、喉の渇きを自覚する。

どうせならお茶とお菓子があればよかったが、オデットの自活能力はまだあまり向上していない。自分一人で用意するのは難しい。

(今度……ハンナに教えてもらおう)

そんなことを考えながら一度本を置き、水差しの水を飲んで喉を潤す。

そうして今度は長椅子に横たわってページをめくる。

ゆっくり読み進めるが、難解な文字はだんだんと内容が頭に入ってこなくなり、瞼が重くなってきた。このままうとうとと眠るのも悪くない。


——目が覚めると別の場所にいた。

ユリウスもハンナもいない。

ひとりぼっちだ。

どこに迷い込んでしまったのか。そこは暗く、黴《かび》たような匂いのする場所だった。

古びて朽ちかけている漆喰の壁には、壁画や模様が描かれている。

壁を辿って、宮殿の皇女の部屋の天井画と似ている絵を目にしたとき、オデットはこの場所がどこであるかを思い出した。

ここは、宮殿の地下だ。

迷路のように複雑に折れ曲がり、また幾度となく分岐しながら地底へと向かっていく回廊の道順は、オデットの頭の中にしっかりと刻まれている。

しかし、ここは魔力の影響を強く受けており、道が歪められてしまう可能性もある。

心細さで理性を失わないように、冷静になろうと努《つと》めて出口を探して進んでいく。

(ここは嫌いだ)

とてもよくない場所だと、自分の中の血が沸き立ち警鐘を鳴らす。同時に懐かしささえ感じるのもまた、血の呪縛《じゅばく》によるものか。

早く抜け出さなければと、だんだんと焦りが強くなってくる。

オデットは裸足《はだし》だった。

少し進めば、一歩踏み出しただけで、足の裏がじくじくと痛みを感じるようになる。

助けて、と誰かの名前を呼んでしまうのを我慢して、代わりに涙を堪えるのをやめた。

誰もいないのなら、泣いたっていいだろう。

そうして、どうにか進んでいった先に、ようやく見えたわずかな光。

もう大丈夫だと、胸を撫で下ろしたのも束の間。

『――どこへ行く？』

行く手を急に遮られた。

遮る者が幻影だと、オデットにはわかっていた。なぜなら、目の前に立つ人間は、自分の姿をしていたから。

もう一人のオデットの髪は長く、皇女だったころのドレスを纏い皇女の冠をつけていた。その過去の残像のような自分が語りかけてくる。

『為すべきことを為す。それがそなたの生まれてきた意味だろう。どうして迷う』

感情の見えない淡々とした口調。かつてのオデットは、本当にこんな人形のような顔をしていたのだろうか。

『復讐も愛も関係ない、そなたにとってそれは意味のないもののはず』

逃げようと後退ると、もう一人のオデットはもっと距離を縮めてくる。

闇の色が濃くなってくる。視界が狭まって、出口が見えなくなってしまいそうだ。

これ以上出口から遠ざかりたくなくて、オデットは立ち止まる。じっと、もう一人の自分を見つめ返すと、頭に直接響くように声が聞こえてきた。

『なぜ役目を果たさない。民のため、国のために役に立ちたいのではなかったのか？』

気づけば手を握られていた。

逃がさないと、自分と等しい存在とは思えないとても強い力で掴まれている。

『そなたにできることは、たったひとつ』

尚《なお》も言い募られる。振りほどこうとしても叶わない。

『無力なままで、何もできないままではいたくないのだろう？』

そのとき、無表情のままのもう一人のオデットの頬に、涙が伝っていた。

「わかった。もういい、わかったから。……かわいそうなわたくし。幸せなどひとつも知らなかったわたくし。たったひとつのことをするために、今度こそ一緒に行こう」

この幻影も、確かにオデットだ。後悔が作り出した自分自身。怖いものから逃げてしまったことを、酷く後悔している。

「……父上、ごめんなさい」

光に背を向けて、オデットは歩き出す。父が身命《しんめい》を賭《と》してまで守ろうとしたものから目を背ける。

いくら髪を切っても、オデットは普通の娘にはなれない。皇女として生まれたその心まで、自分から捨てたくはなかった。

決意が未練に引きずられないよう、後ろを振り返らなかった。

ただ闇が深いほうを目指す。

闇に包まれ自分が歩いているのか、どこかを漂っているのかさえわからなくなる。

もう戻れない。

息苦しさにもがき「助けて」と心の中で叫んだその瞬間、肩に何かが触れた。

「――オデット！　起きてください。オデット！」

オデットは名を呼ばれ一気に覚醒する。肺に大量の空気が入ってくる。オデットは咳き込みながら起き上がった。真っ暗だった視界が開けて、状況を拾い上げていけば、鈍っていた時間の感覚が戻ってくる。

いつの間にか寝てしまったのか。確か長椅子で横になり本を読んでいたはずだ。窓の外はまだ暗いらしく、夜の鳥が鳴いている。

「大丈夫ですか？」

「……少し、夢見が悪かっただけだ」

「こんな場所で眠ろうとするからです」

ユリウスは長椅子にいたオデットを当たり前のように抱き上げ、寝台へその身を移動させてくれた。

シーツの上にオデットをそっと下ろすと、丁寧に上掛けの布団をかけてくれた。

「まだ夜中ですから、もう少し眠ってください」

心地よくさせる低い声で言われると、オデットの瞼はすぐに重くなってきた。しかし、髪を撫でてくれたユリウスの手が離れていけば、このまま眠ることへの恐怖心が芽生えてしまう。

「いやだ。一人は……寂しい。もう夢は見たくない」

このまま眠ってしまったら、ユリウスはまたマクシミリアンのところに行ってしまうかもしれない。親にすがる子どものように、ユリウスの服の裾を握って放さなかった。

「……」

オデットが自分の服の裾を放すまいと握り締めながら眠っている。その姿になんとも言い難い想いがユリウスの胸に湧き起こる。さっきまで悪夢にうなされていたのに、今は安心した様子ですやすやと寝息を立てていた。

報告を終え家に戻ったユリウスは、長椅子で横たわるオデットのただならぬ様子に慌てて声をかけて起こした。再びオデットが眠るまで寄り添っていたので、着替えもすんでいない。自分の寝支度を整えるためにそっと離れようとすると、眠ったままのオデットが放すまいとすがりついてきたからだ。その仕草は、故郷にいる幼い弟妹を思い起こさせた。

「まるで、赤子のように無垢な寝顔ですね……」

そっと髪を撫でてやれば、うっすらと微笑みすら見せてくれる。ユリウスは着替えを諦め、自分も寝台に身体を横たえた。こうして、互いの体温が感じられる位置にいると自分もまた安心を覚えている。

オデットが心を開いてくれているのではないかと、勘違いしそうになってしまう。

でもそれは間違っている。

「あなたを苦しめていることは、わかっています」

オデットはうなされ、涙を流しながら父親に謝罪していた。彼女を苦しめているのはおそらく自分だ。

すべてを奪われて失って放り込まれた檻の中で、少しの優しさを与えられれば、それがどれだけ大きな存在となるか容易に想像がつく。

その優しさを与える者は父親の命を奪った敵。オデットに与えられた優しさは、彼女に新たな苦しみを生んでしまう。

ユリウスはオデットにとって『裏切り者』でしかない。

過去、ユリウスが偽りの姿でクナイシュ帝国に潜入し、マクシミリアンに情報を流したのは事実。その果てに彼女は父親も、自身の身分も失った。

この先、ユリウスがオデットに寄り添いどれほど長く一緒にいようとも、その傷は絶対に消えることはない。

オデットのためを思うなら、ユリウスは憎むべき存在でなければならない。そうでなければ、親の仇《かたき》から与えられる優しさにほだされてしまったことに、オデット自身が苦しむことになるだろう。オデットがここ最近、酷く思い詰めた様子だったのも、ユリウスは知っている。

泣きながら父親に謝罪をしていた。それはオデットが罪の意識に苛まれているからなのではないか。

「それでも、あなたを手放すことはできない」

彼女がふとした瞬間に弱々しく、消えてしまいそうな顔をするようになったのは、葬礼の日からだ。

葬礼で父親の死を実感したことがオデットの気持ちを沈ませているのだろうが、もうひとつの可能性がずっとユリウスの頭から離れない。

「クスターか……」

襲撃してきた一団を取り仕切っていた男は、近衛騎士としてオデットの身辺を警護していたクスターだった。

苦々《にがにが》しい思いで、ユリウスはその男の顔を思い浮かべる。

クスターはオデットの熱心な求婚者でもあった。オデットはクスターを嫌っているように見えたが、それはユリウス自身の勝手な願望だろう。もし当たっていたとしても、オデットは感情より皇女としての選択を優先するはずだ。

裏切り者のユリウスと一緒にいるくらいなら、たとえ嫌っていようともクスターと共に再起を図《はか》るべきだと考えるかもしれない。どれほど困難な道のりであっても。

ユリウスは拳を強く握り締めた。

あの男を取り逃がしてしまったことは、後悔してもしきれない。一刻も早く捕らえ、二度とオデットの前に姿を見せられないようにしなくてはならない。じりじりと焦《こ》げるような苛立ちを無理やりに抑え込む。

天井を見上げ深いため息を吐いたあと、隣に眠るオデットを自分のほうへ引き寄せた。

恋し、焦がれ、触れることさえ許されなかった尊い存在が確かにここにある。

「これ以上、何を望むというのでしょう」

側近くにいてくれるだけでいい。心までは望めないとわかっている。

自分はオデットに憎まれたままでいるべきなのだ。

オデットのためにもそうすべきだとわかっているのに、貫き通すことが困難になってしまった。

オデットのはにかんだような笑み、時にためらい、時に恥じらいながら向けてくれる本心にユリウスの心は揺さぶられ、それを手放すことなんてできなかった。

Ⅵ　迷宮

秋が深まり、冬の気配を感じるようになった。

ユリウスはこのところずっと聖堂の地下の中を探索している。

すでに宮殿全体には、設計図のない複雑な地下空間があることはわかっていた。それを解明すること、またクナイシュ帝国の元大臣ジベールと共に帝国の秘宝について調べることがユリウスに与えられていた任務だった。

しかし、今のユリウスが地下の謎を調べることに熱心なのは、任務以外にも個人的な理由がある。語るまでもなく、オデットに関係している。

最初のきっかけは、クナイシュ皇帝の葬礼の日のこと。

聖堂の地下にある皇家専用の墓地に皇帝や皇妃の石棺は並べられていたのに、皇女の石棺がひとつもないことにユリウスは気づいた。

皇女は臣籍降下し皇家専用の墓地に石棺がない可能性もあると考えていたが、ほとんどの皇女が未婚のまま早世しているのだ。公式な記録では、三百年の間に三十人もの皇女が病死している。

ただ少ないが、例外として異国に嫁《とつ》ぎ、子を産み長生きした皇女も存在する。

もっと歴代の皇女について調べれば、オデットに施されているまじないの理由を解明し、さらには解呪することができるのではないかと考えた。

地下墓地に、なぜ皇女の石棺がないのか調査をするも捗《はかど》らず焦りが募る。地震が起きた日にオデットが口にした加護の話は、ユリウスにいっそう焦りをもたらしていた。

あの日以来、大きな被害はないものの、オデットの予想通りに小さな地震が頻繁に続いている。ユリウスはひしひしと嫌な気配を感じていた。

そうして先日、ついに今まで辿り着けなかった地下への入り口を発見したのだ。

そこはまさしく迷宮だった。その空間はクナイシュ帝国の三百年に渡る歴史とともにあったことを感じさせ、異分子を排除しようとする不気味な気配を漂わせていた。

クナイシュ帝国の秘宝は、この地下迷宮に隠されている――調査に関わった者はすぐそう確信した。

調査はユリウス主導で慎重に進められていった。見取り図を作り、目印をつけ迷わないようにしていても迷宮の構造は複雑で、深く深く人を誘い込み迷わせるような、薄気味悪さがある。

ようやく迷宮の中心部分に近づいていると実感したのは、壁に今までになかった絵と文字を発見したときだった。

絵から推測するに何かの魔術について説明しているようだが、文字の解読はユリウス達にはできず、魔術師のサンドラに壁画を見てもらうことにした。

サンドラは真面目なのか不真面目なのかよくわからない性格をしているが、魔術に関する探求心だけは人一倍ある。最初のうちこそ、地下迷宮の暗い道を歩かされて不満を口にしていたが、壁画に辿り着くとサンドラは目の色を変えて駆け寄った。

「古代文字のようですが、読めますか」

ユリウスの問いかけに、サンドラは興奮を抑えきれない声で答える。

「完全に失われた文字が入っているわ。でもなんとなく……ええっと」

サンドラは持っていたランプをぎりぎりまで壁に近づけ、紙に書きつけながら壁に刻まれた文字を読み取っていく。

「クナイシュ……女？　愛される……。これは獣で、これは神という文字ね、……を捧げ、……大地に加護。わかるようでわからないけれど、壁画と、それに今も残っている話を合わせて考えると、だいたい想像はつくわ」

「加護の話ですか？」

「クナイシュ帝国の始祖《しそ》の娘は、聖なる獣と結婚したと言われているの。そのおかげで、クナイシュの大地は加護が与えられている。……壁画に書かれていることも、おそらくそんな内容でしょう」

サンドラも大真面目に加護の伝承を語る。オデットもそうだが、クナイシュ帝国の中心にいた人達は、なぜこれほど加護のことを重視しているのか、ユリウスには不思議でならない。

聖堂の地下を迷宮にしてまで守られるべき、重要な言い伝えなのだろうか。

どんなに重要なものであっても、オデットにあんな苦痛をもたらすようなものがよいものであるとはユリウスには思えなかった。

「オデットは、皇女が子を産むと災いが起こると言っていましたが」

「はっきり言って、あのお姫様が言うことは信用できないわ。少なくとも私は災いなんて話、聞いたことがないわね」

サンドラはきっぱりと言い切った。

ユリウスも不可解に思うが、異国に嫁いだ皇女を除くと、帝国内で子を産んだ皇女が一人もいないことがどうにも気にかかる。三百年間、一人もいないなど偶然ですませることはできない。まるで、オデット曰く〝災い〟を起こす子を産まないようにしてきたようではないか。

ユリウスを信用していないオデットが包み隠さず真実を話してくれるとは思っていない。しかし、オデットは大きな嘘をつける性格ではない。

オデットは常に何かに怯えている。

悪夢にうなされていた日から、今まで以上にオデットを気にかけているが、うなされることが増えている。

ハンナからの報告では、ユリウスが仕事で帰れない夜は常にうなされているらしい。時には夜に飛び起きて、部屋で一人泣いていることもあるようだった。

それを知って以来、ユリウスはオデットを夜に一人きりにしないように、どんなに遅くなっても必ず家に帰るようにしていた。事前に帰りの予定を告げておけば、オデットはどんなに遅くとも起きて待っているようになった。

オデットは一人では眠れないのだ。しかしユリウスが一緒に横になれば、眠ることができるようで、最近は日中、ハンナと小さな言い争いをしながら楽しく過ごすようになってくれた。

一度だけ悪夢の内容を尋ねたが、「覚えていない」とごまかして教えてもらえない。

オデットは考えごとをしているとき、窓際で本を読むふりをして、宮殿の方角を眺めていることが多い。宮殿での暮らしや思い出に未練があるのはしかたないと気にせずにいたが、そうではないと気づいてしまった。

オデットの瞳の奥にあるのは郷愁《きょうしゅう》などではなく、もっと重くて暗いものなのだと——。

地下迷宮の壁画には、オデットと同じ金の髪を持つ若く美しい女が描《えが》かれている。それを熱心に見つめながら考えごとをしていると、サンドラの声に遮られた。

「その壁画、お姫様によく似ているわね」

「そうですね」

クナイシュ帝国創生の物語が順に並んでいる。

これはただの物語。オデットとは無関係のもの。

断言したいのに、壁画を確認しながら奥に進むにつれて、そう思えなくなってきてしまう。そして、ユリウスはある壁画に目を奪われた。

黒く塗り潰されたように描かれているのは神だろうか？

神の大きな黒い手のひらに包まれるように、金髪の女が横たわっている。女の腹には槍が突き刺さり、赤い血が黒い手のひらに流れていた。

(皇女が災いをもたらすのではなく、皇女に災いが降りかかるかのようだ)

壁画の中の娘をオデットに置き換えると、ぞっとするしかない。

踏み入れてはいけない場所まで到達してしまったのではないだろうか。そんな考えに至り、ユリウスはヒュッと喉が締まるような気がした。

突然差し込んできた強烈な光にユリウスは目を眇《すが》めた。

　サンドラは壁画の解読に夢中になるあまり、調査隊の長であるユリウスに了解も得ずに装飾が施された扉を開けようとしていたのだ。その扉の隙間から、強烈な光が溢れ出している。

「いったい、なんの部屋だ……」

　眩しさに目が慣れたユリウスの前にあったのは、六角形の広い部屋だった。そこには、紅玉のような石の柱が何本も立っている。人の腰くらいの高さの石はただの石ではなく、自ら光を発して輝き、部屋を太陽のように明るくしていた。

「すばらしいわ。魔法石よ、これは」

　サンドラは石柱を確認しながら、昂《たかぶ》った感情のままつらつらと語る。

「この紅玉の柱ひとつひとつが強い力を持っているのね。これを使えば、古代魔術の復活だってできるかもしれない。どんな宝より価値のあるものだわ」

　どんな宝より価値のあるもの――。

　サンドラの話す通りならば、この石柱は秘宝と呼ぶに相応しいのではないだろうか。だが、ユリウスには輝く赤い石が血の色に見えてしかたなかった。

「まるで……墓標《ぼひょう》だ……」

　自分の口からこぼれ出た言葉にぞっとして石柱を数えてみれば、ちょうど三十。未婚で亡くなったと言われている皇女の数と一緒だった。

頭をよぎる悍《おぞ》ましい予感が、ユリウスの背中をざわりと撫で上げる。

ここにある石柱がもし墓標であったら？　ここに歴代の皇女達が葬られているとしたら？　他の皇族が埋葬されている場所からわざわざ離して、簡単には辿り着けないこんな場所に隠すように葬られる理由とは――？

秘宝はどうやって作られるというのか？

嫌な汗を滲ませるユリウスとは対照的に、サンドラは発見に高揚したまま奥へと一人で進んでいってしまう。

六角形の部屋の奥には、次の間へと続く扉があった。

石でできた重そうな扉の全面には、古代文字が彫り込まれている。

「この扉には強い魔力を感じる。開くには鍵になるものが必要だわ……」

扉を開ける手立てを考え始めたサンドラを、ユリウスは制した。

「サンドラ。一度、戻りましょう」

「えっ、待って？　せっかく辿り着いたのに！　魔術師ではないあなたにはわからないかもしれないけれど、これはすごい発見なのよ？」

「いいから！」

興奮した勢いで言い募るサンドラの言葉を、ユリウスは強く遮った。サンドラは驚き目を見開いたあと、苛ついた顔を隠しもせず睨んでくる。

サンドラには聞こえないのだろうか。扉の向こうから、時折地響きのような音が聞こえてくるのが。

「この場の責任者は私です」

ユリウスが冷淡にきっぱりと告げると、探求心を満たしたいあまりにしぶるサンドラを半ば引きずるようにして地上へと撤収した。

聖堂を出ると、日は西に傾き空が茜色に染まっていた。

サンドラは一人で残ってでも調査を続けたいと訴え、撤収への不満をユリウスにぶつけていたが、許可が下りないとわかると不貞腐《ふてくさ》れた態度で帰っていった。サンドラが聖堂から完全に離れるのを見届けてから、ユリウスはマクシミリアンの執務室に向かった。


「おそらく、あれが秘宝なのではないかと思われます。しかし、あれは絶対に人が触れてはいけないものです」

ユリウスは地下迷宮で発見したものを報告し、己の見解と推測を話したうえで聖堂の地下を完全に封鎖する提案をした。

「もとより俺は秘宝を手に入れようと思ってなかったが……」

マクシミリアンはユリウスの報告内容に眉をひそめた。

「正体がそれであれば、ますますいらん。悪用されなければ放置でいいと思っていたが、そういうわけにもいかないようだな」

面倒なものを……と文句を言いながら、マクシミリアンはユリウスに問いかける。

「しかし……お前は本当にそれでいいのか？」

サンドラ曰く、古代魔術を扱うこともできるかもしれない魔法石の柱。

今は古代魔術の使い手がいないらしいが、あれを調べ研究すればオデットに施されたまじないを解くことができるかもしれない。

しかし、ユリウスはオデットをあの場所に一切関わらせたくなかった。

あれは、只人《ただびと》が触れてはならぬもの。触れればきっと国はもちろんのこと、何よりも大事なオデットを傷つけるとユリウスは直感的に理解していた。

「……オデットのまじないを解くのは諦めます」

「解呪を望んでいたのではなかったのか？」

「守るべきものがありますから」

あの皇帝が自分の娘に理由もなく、まじないをかけるとは思えない。

ユリウスには守るべき大切な誓いがある。そして、クナイシュ帝国最後の日、オデットの父であるクナイシュ皇帝と交わした約束が。

あのとき、マクシミリアン率いる反乱軍に攻め入られ宮殿は混乱していた。〝建築技師のジョン〟の役目を終えたユリウスは、反乱軍に合流する機会を窺っていた最中に、クナイシュ皇帝の執務室に呼び出されたのだ。

攻め入られ混乱している中、戦闘では役に立たない〝建築技師のジョン〟を呼ぶ意味がわからず、困惑しながらも、ユリウスは皇帝の前で膝をつく。

執務室は人払いされており、皇帝とユリウスの二人きりだった。室内は静寂に満ちていて、外から聞こえてくる争いの音が耳障りに思えた。

ジョンと呼びかけられ顔を上げると、皇帝は真摯な眼差しで銀色のものを差し出した。

「そなたにこれを与える」

差し出されたものにユリウスは目を見張る。皇帝の手にある銀色のものは、クナイシュ帝国の騎士団直属の騎士に与えられる徽章だった。

ドキリと大きく心臓が跳ね上がった。皇帝の意図がわからず、〝建築技師のジョン〟の仮面を必死にかぶりながら、ユリウスは答えた。

「陛下。恐れながら私はただの建築技師で、騎士ではありません」

「知っている。だが、我が娘オデットの騎士になってくれぬか？　こんな状況だ。拒んでも許す」

ユリウスは、節くれだった自分の手を意識して握り締めた。剣の鍛錬によるマメができている手のひらは、普段はなるべく手袋で隠している。しかしこの日は、非常時でうっかり忘れていた。

皇帝はとても静かな表情でユリウスを見ていた。その静謐《せいひつ》さは、すべてを悟っているようにさえ思えた。

「なぜ、……私なのですか？」

問いかけに返ってくるのは沈黙のみ。皇帝の青い瞳はどこまでも澄んでいながら深い。

建築技師のジョンとして姿を偽って数年、皇帝の側近くに仕えていたからこそ知っている。為政者として国のためにできることをすべてやっていた。

彼は国を傾かせた愚帝ではなかった。ただ時流が彼に味方しなかったのだ。

きっとあと百年早く生まれていたら賢帝と呼ばれていただろう。

自分はマクシミリアンに仕える騎士である。今まさに滅びゆくきっかけを作ったのも自分だ。差し出されるものを受けることなどできるわけがない。

それなのに、ユリウスの唇は勝手に言葉を紡ぐ。

「……謹んでお受けいたします」

しかたがないのだ。今、怪しまれても困る、断ることなどできない。この場だけ。

必死で自分に言い訳をしたが、本心は別にあることはあきらかだった。ユリウスは望んでそれに手を伸ばしたのだ。

皇帝は安堵したように小さく笑みを浮かべ、ユリウスの手に徽章を握らせた。

「そなたに最初で最後の任務を与える。城が落ちる前に、オデットを密かに連れ出せ」

最後という言葉とクナイシュ帝国の皇女の名に、ユリウスは肩を震わせた。

皇帝は状況を正しく理解している。ユリウスが徽章を受け取った理由も、きっとわかっているに違いない。

この状況を作り出した一因が自分にあるとわかっているだけに、皇帝の語る言葉はユリウスに重くのしかかる。

「オデットを連れて、できるだけ遠くへ向かうのだ。そして二度とこの国には戻るな。よいな？　行け」

皇帝の力強い言葉に、ユリウスは強く頷いた。皇帝に与えられた任務は、心の奥底で密かにユリウスがずっと望んでいたことだ。行動する理由を得たユリウスは、皇帝に深く頭を下げると執務室を飛び出した。

ユリウスは勢いのままに、奥宮殿のオデットの部屋へと向かう。

まだ奥宮殿に反乱軍は攻め入ることはできていないはずだ。まずはオデットの無事を確認して、それから――ユリウスはあらゆる手段を検討する。

感情を表に出さぬようにしながらも、必死に学び皇女としてできることを探していたオデットのことを好ましく思うようになったのはいつだったか。

あの凛《りん》として哀れな皇女をどうやって生き延びさせることができるか、ユリウスはもうそれだけしか考えられなくなっていた。

オデットの部屋近くの廊下に人の気配がないことを訝しみながら、部屋に駆け込んだユリウスは思いもよらぬ光景に心臓の動きを止めてしまいそうになった。

冷たい石の床に身を横たわらせ、白い喉に自ら短剣を当てて自死しようとしていたのだ。

「殿下!」

慌てて払った短剣は、オデットの白い肌をほんの少し赤に染めながら床に転がった。

「皇女殿下、なんてことを」

ユリウスは手巾を取り出して、オデットの首の傷口を押さえた。幸い傷は浅い。それでも手の震えが止まらない。本当にぎりぎりだった。

間に合ってよかったという安堵。死を選ぼうとしたことへの怒り。追い詰めてしまったことへの後悔。それらが混じり合い、感情が制御できなくなりそうだった。もし短剣の切っ先がオデットの白い肌を貫いていたら、気が狂っていたかもしれないとさえ思う。

鼻の奥がツンと痛む。溢れ出しそうな感情の流れを必死に堪えたユリウスの顔は、どれほどおかしなものに見えただろうか。

「そなたでも、そんな顔をするのだな」

オデットはこんな状況でも微笑んでみせる。その笑みが、どれだけユリウスを囚えるのか知っているのだろうか。この人の微笑みは凶器だ。

「なぜ、今あなたは笑えるのですか？」

小さい身体で、何を考え何と戦って……何を諦めたのか。

達観したような皇女が、あまりに哀れで腹立たしくなる。

この身を擲《なげう》ってでも、どうにか彼女を助けたい。

死なせたくない――いや、死なせない。

この瞬間、ユリウスは身も心も、騎士としての忠誠も、何もかもすべてをオデットに捧げ密かに誓ったのだ。

書庫の隠し部屋に連れて行き、オデットを生かすために行動を始めた。

「ここに隠れていてください。絶対に早まった真似をしないように。短剣は私が預っておきます」

もう二度と、自分から命を絶つことがないよう短剣を奪った。赤い石のついた、美しい短剣だったが、彼女に武器は似合わない。

「一緒にはいてくれないのか？」

不安そうに呟くオデットを抱きしめてやりたかった。しかし、オデットを抱きしめることができる権利はユリウスにはない。オデットが心を許してくれている建築技師のジョンは今日を境に消えてしまう。

この先二度とオデットに頼られることも、信頼を寄せられることもないのだろう。それでも、生きてさえいてくれたらそれでいい。

旅に慣れていないオデットを、ユリウスたった一人で連れて逃げることなど不可能だ。皇女を逃がすなど、マクシミリアンは甘い男ではない。

オデットを連れて逃げようとしたところで、やすやすと許しはしないだろう。

しかしオデットの命だけは守る。

ユリウスに残された選択肢は、ひとつしかない。マクシミリアンにすべてを打ち明けて、自らの命と引き換えにしてでも皇女の助命を乞うことだ。

マクシミリアンは主《あるじ》であり、友人でもある。

建築を学んでいたころに偶然知り合った。カリスマ性のある彼に自然と憧れを抱き、いつしか友情を抱いた。国を思う彼の情熱に心惹《ひ》かれ、仲間になってくれないかと誘われたときは飛び上がって喜んだ。

マクシミリアンに騎士として誓った忠誠は決して嘘ではない。

しかしオデットを生かすため、ただそのためだけに、彼に誓った忠誠を翻《ひるがえ》すことにユリウスはもはやためらわなかった。

「で？　俺にどうしろというのだ？」

あまりにも正直に助命嘆願するに至った理由を語ったユリウスに、マクシミリアンは怒ることなく問いかける。

「……あなたが皇女を娶《めと》られるならば、想定されているよりも早期に国を平定することが可能となるはずです」

新たな国の指導者となるマクシミリアンと、旧勢力の象徴であるオデットが婚姻を交わすことで、荒れる国を安寧《あんねい》へと導くことができ、彼女も生き延びることができる。

これが、ユリウスがオデットの幸せを願って導き出した唯一の道だった。

しかしいざ口にすると、強烈な苦しみをユリウスの心にもたらす。

正気を保っていることすら困難なほどの心の荒ぶりを実感していた。オデットの求婚者に対しても、こんな感情を抱かなかった。オデットが相手にもしていなかったから、求婚者の存在を不愉快だと思っても憎いとまでは思わなかった。

オデットに生きていてほしい。ただそれだけなのに、他人に奪われるくらいならいっそ……と醜い感情が溢れ出す。マクシミリアンとの婚姻を自分で提案しておいて、受け入れないでほしいと願っている。

「俺はこの国のすべてを造り替えたい。新たな国造りに、旧勢力の象徴たる皇女など不要だ」

マクシミリアンの言葉にユリウスは絶望に叩き落とされる。

そんなユリウスをマクシミリアンはただおもしろそうに見つめた。

「なんて顔をしている、ユリウス・クロイゼル。小娘一人の命なんぞ、わざわざ奪うまでもない。お前にくれてやる」

ユリウスはマクシミリアンの「くれてやる」という言葉を信じる以外に道は残されていなかった。

そしてマクシミリアンは宮殿の制圧から半月後、ボロボロになったオデットを衆目にさらしたうえで、あの奇妙で強引な夫選びを仕組んだのである。

身分差がなくなったおかげで、オデットはユリウスの妻となった。

オデットにとって、ユリウスは嘘つきで裏切り者。この先、オデットの心を得ることは叶わない。まじないの施された身体に触れることもできなくなるだろう。

それでもいい。オデットが生きている、そのことが何よりも大切なのだから。

帝国の滅亡からの激動の日々を思い出しながら、ユリウスは改めてマクシミリアンに向き合った。ユリウスが何を言い出すのかをすでに予測しているのか、マクシミリアンは不服そうな顔で頬杖をついたまま問うてくる。

「皇女は知っているのか？　父親がお前に皇女の騎士になることを願ったのだと」

ユリウスは苦笑いで首を横に振った。

「伝えていません……今はまだ」

「夫選びがいかさまだったことは？」

ユリウスは無言で首を横に振った。

今伝えても、ただの言い訳にしかならない。

生きていてほしかった。他の誰にも渡したくなかった。

皇帝に託された最後の願いを叶えたかった。それはユリウス自身の望みでもあった。

オデットに向ける気持ちに嘘など欠片《かけら》もない。だが、彼女に許してくれなどと言えるわけもない。

ユリウスが身分と姿を偽り帝国に潜入し、隠し通路の場所を探り出したのは紛《まぎ》れもない事実。直接手を下したわけではないが、皇帝の死に無関係ではない。

本当は自分のいない場所で、静かに暮らすほうがオデットは幸せなのだろう。わかっていても手放すことなどできない。側にいさせてほしい。

ユリウスは襟《えり》につけていた徽章を外した。この徽章はマクシミリアンから与えられたものだ。

「今度こそ、受け取ってください」

クナイシュ帝国最後の日にも、マクシミリアンに返そうとしたが受け取ってもらえなかった。

しかし、心が定まった今、マクシミリアンの騎士のままでいることはできない。

二人の君主に同時に仕えることは不可能だ。ユリウスが心から仕えたいのは、オデットなのだから。

真実を、そして本心を話せるときがくることを信じて、まずは自分自身のけじめをつけなければならなかった。

マクシミリアンはユリウスの手にある徽章を見つめていたが、小さく吐息を吐くようにしてそれを受け取った。

「わかった。だが、最後まで仕事はしていけ。それと、忘れるなよ。……主従ではなくなるが、お前と俺が友人であることに変わりはない」

「マクシミリアン……」

敬礼ではなく、深く腰を折ってユリウスは感謝を示す。マクシミリアンは少し鬱陶《うっとう》しそうな顔をしてみせ、そんなユリウスを「さっさと行け」と急《せ》かすように追い払った。

マクシミリアンの執務室を出ると、ユリウスは走り出したいのを堪えて足早に廊下を歩く。時計を見れば、もう日は完全に落ちて暗闇に支配される時間。夜、オデットを一人にはしたくない。妻の待つ家に帰りたくて気が急いてしまう。

ユリウスが異変に気づいたのは、宮殿を出てすぐのことだった。

§

その日、ここ最近悩まされている耳鳴りがいっそう酷く、オデットは苛立っていた。

それだけではない、何度も起こる小さな地震に不安を掻き立てられる。不安は増していくばかりで、いつものように自室にはこもっていられず、オデットは居間でユリウスの帰りを待っていた。

　このあたりではめったにない地震が続くせいか、都に不穏な気配が漂っているように思える。ハンナも心配そうに呟いた。

「なんだか気味が悪いですね」

　気を紛らわせるために部屋の中を動き回って掃除をしていたハンナが何かに気づいて立ち止まったのと、オデットの嗅覚が異変を感じ取ったのはほぼ同時だった。

「おかしいですね」

　焦げたような臭いにハンナは眉をひそめた。

　今日は暖かく、暖炉《だんろ》に火を入れていない。他に火を使う場所は台所しかない。ハンナは、かまどの火の始末ができているか気になった。

「……台所を見に行ってきます」

　そう言ってハンナが部屋を出て行こうとしたとき、オデットの視界に赤い光が映った。

「ハンナ、違う！　外だ!!」

　オデットが声を上げた瞬間、窓の外で音を立てて火柱が上がった。

「えっ？」

一瞬なんのことかと戸惑ったハンナだったが、オデットの視線の先にあるものを見つけて悲鳴を上げた。

地から空の暗闇へと高く突き上げるように激しい音を立てて燃え盛る火柱。その炎の勢いは尋常ではないほどに強い。

突然の炎に、オデットとハンナはおののいた。

オデットとハンナはしばらく前からこの居間にいて、窓を眺めていたのだ。こんな勢いで燃え盛る火柱になる前に炎に気づいたはずだ。屋敷を警備する者達の目をかいくぐった賊が松明を投げ込んだのだとしても、こんな爆発するような勢いで火柱になるのは難しいだろう。

いったい誰がどうやって、この火柱を作り出したのか。

「おかしい。これはただの火事ではない」

「とにかく逃げましょう。この家は木造ですから、火が燃え移ったら危険です」

オデットは頷いて、ハンナと共に出口に向かおうと立ち上がった。

しかし、窓の外にもうひとつの火種が突然できたことに気づき、それを凝視する。その新しい火種が燻《くすぶ》っていたのはごく短い間。そこから爆発するように勢いを強めて、最初の炎と同じように、天を貫かんばかりの火柱となって燃え上がっていく。

「ハンナ、今のを見たか？」

「ええ。……なんだか恐ろしい。嫌だわ、オリバーったら、さっき部屋で休んでいると言っていたんですよ」

ハンナは夫のオリバーのことが気がかりな様子だ。自分の部屋にいるとしたら、眠りこけてまだ異変に気づいていないかもしれない。

「急いでオリバーに伝えに行こう」

オデットがそう提案し、ハンナも一度は頷いた。しかし、居間を出るとすでに屋敷の中に煙が充満していて、二人は一刻の猶予もない事態だと理解した。特に玄関ホールからは、外の炎の熱が伝わってくる。炎が発生したのは、居間の窓の外だけではなかったらしい。

「オデット様、これ以上ここにいては危険です。あなたは裏口からすぐに外に出てください。私は夫を探しに行きますから」

「怪我が治ったばかりなのに、一人で危険なことはさせられない。一緒に行く！」

「いいえ、だめです。オデット様には、助けを呼んできてほしいのです。一刻も早く！」

ハンナは切羽詰まった表情でそう言って、裏口に向かうようにとオデットの身体を押してくる。

迷っている暇はない。

最善の選択をしなくては、助かるものも助からない。

事は一刻を争う。オデットとハンナのどちらかが外に危険を知らせて助けを求めるほうが、全員助かる可能性が高くなるはずだ。

「すぐに助けを呼んでくるから……」

オデットはハンナと別れ、裏口を目指して駆け出した。

そうして一人、煙が充満し始めた廊下を進んでいくと、だんだんと悪くなっていく視界の先に、人影が見えた気がした。

女性だ――そう思えたのは、角を曲がって消えたその後ろ姿が、ドレス姿だったように見えたからだ。

「待て！」

思わず大声を出してしまったせいで息を深く吸い込んでしまい、煙に喉を痛めつけられてしまう。オデットはむせかえり、息苦しさで歩くことが困難になった。目に入る煙は避けようがなく、涙が止まらない。

それでも壁を伝いながら一歩ずつ進む。人影が消えた廊下の曲がり角にようやく辿り着く。角を曲がると、そこは玄関ホールだった。

いったい何が起きているのかわからず、オデットは茫然《ぼうぜん》と立ち尽くした。

裏口は玄関の正反対の位置にある。オデットは玄関ホールに背を向けて、裏口を目指して歩いていたはずだ。なのに、玄関ホールへと戻ってしまった。しかも、ここには濃い煙が充満している。

ハンナとオリバーはまだ屋敷の中にいるはずだ。助けを呼びに行かなくては……そう思うのに、身体が重くて、うまく動かない。熱い。呼吸が苦しい。

諦めてしまいそうになる自分を叱咤しても、身体は言うことを聞いてはくれない。

「……ユリ……ウ、ス……」

辛くて苦しいときに呼んでしまう名前。

オデットはもう、ユリウスを疑うことも、冷たく突き放すこともできなくなってしまっていた。

できることならこんなところで一人で死にたくないし、また彼に会いたい。自分がいなくなったら、ユリウスはきっと嘆き悲しんでくれると確信を持ってさえいる。

もう少しここで耐えていれば、ユリウスが助けに来てくれることも知っている。

突然、充満していた煙が引いていったのは、オデットが耐えきれずにその場にうずくまったときだった。

晴れていく視界に人影が見えた。助けが来たという一瞬の期待は、すぐに警戒に変わる。現れた人物が、オデットが会いたい者ではないと気づいたからだ。

「皇女殿下、お迎えにあがりました」

生理的な嫌悪感で鳥肌が立った。

「なぜ、おまえが……？」

「貴女を想う強い心が通じ、ここまで辿り着くことができたのです」

クスターは蛇のような顔で笑いかけてくる。

葬礼の日、襲撃に失敗し逃走した男。今も数名の男達を従えているが、前回と同様で自分一人だけ身なりを整えている。仲間が襤褸を着ていても、気にもしないらしい。相も変わらぬ傲慢さ。

「……この火事は、おまえの仕業か？」

突然、屋敷を取り巻いた炎が消えたわけではないのに、クスター達の周囲だけ炎の勢いが弱まり離れている。

まるで誰かが炎を操っているように思えた。

「すばらしい協力者が現れまして」

クスターはまるで自分の力であるかのように恍惚と語る。

「……協力者？」

オデットはクスターの言葉を訝しむが、同時に得心《とくしん》もしていた。

火柱を作るのは火種と大量の油があればできるかもしれないが、炎と煙を今のように誰かにとって都合よく避けたり消えたりできるわけがない。

人が制御できる炎があるとしたら、それは魔術だ。

突然発生したこの不自然な炎が、魔術によって作り出されたものだとしたら？

その魔術を行使したのは、あのいけすかない女魔術師だとすれば？

煙の中で見たドレスを着た人影と結びつければ、クスターの協力者が誰なのか容易に想像がつく。サンドラはクナイシュ帝国を裏切りマクシミリアンに与《くみ》したはずだが、信ずるに値しない裏切り者なのだ。サンドラが再び寝返り、クスターと手を組んだとしても驚くわけもない。

「なるほど。あの女魔術師か」

「この屋敷の周りにいたアニトアの者達は、今頃炎の壁に怖じ気づいていることでしょうな。ようやくあの野蛮な者達に一矢報いることができました」

クスターは蔑むような声で嘲笑う。

「……蛇男に女狐《めぎつね》」

「今なんとおっしゃいました？」

「ただの独り言だ」

クスターが否定しなかったことで正解だと判断した。

しかし、いくらサンドラが優秀な魔術師としても、これほどの規模で炎を操れるものなのだろうか。嫌な予感にオデットは額に汗を滲ませた。事態はより悪い方向に動いているかもしれない。

「殿下、少しお言葉が悪くなられたようです。敵の手に落ちてしまったばかりに……嘆かわしい。でももう大丈夫です。あとのことはこの私にお任せください」

クスターが伸ばしてきた手を、オデットは振り払う。残っている力を振り絞って立ち上がり、クスターから逃れようとした。

しかし、煙を吸い込み弱っているオデットを捕まえることは、相手にとって造作もないことだっただろう。なんなく手首を摑まれ、それ以上動けなくなる。

「殿下、どちらへ行かれるのでしょう？」

「わたくしは、わたくしの行きたいところへ行く。おまえとは行動を共にしない。放せ！」

「殿下がご自分の義務を放棄されるおつもりなら、私も方法を改めなければなりません」

クスターはさらに強い力でオデットの手首を摑む。

「クナイシュ帝国は滅んだのだ。わたくしはもう皇女にではない。おまえは、本気であのアニトア王に勝てると思っているのか？」

「もちろんです。私の知略と、皇女様の秘めたお力を以《もっ》てすれば」

「……秘めた力？」

思いもよらぬクスターの言葉にオデットは顔を歪めた。

「ええ、サンドラが申しておりました。皇女殿下は秘宝の力を有していらっしゃると。その力を使えば、クナイシュ帝国は復活することができる。あなたはか弱くていらっしゃいますから、玉座を取り戻したあかつきには、私が隣でお支えしましょう」

振った。

「反吐《へど》が出る……」

オデットの吐き出した呟きはあまりに小さく、クスターには届かなかった。

「さあ、時間がありません。我らと一緒にまいりましょう」

自分に従わないとは考えてもいない様子のクスターに、オデットはきっぱりと首を横に振った。

「もう一度だけ言う。クナイシュ帝国は滅んだのだ。今のわたくしにできることは、どの勢力にも与せずひっそりと生きること、もしくは黙って死ぬことだ。……だからおまえも諦めろ。いつまでも滅んだものに固執するな。新しい生き方を探せ」

オデットはほんのわずかでも自分の思いが伝わればいいと願った。

しかし、その真摯な思いは歪んだ男に届くことなく、馬鹿にするように笑ったクスターに一蹴《いっしゅう》される。

「気高い皇女殿下ともあろうお方が嘆かわしい。ですが、お役目を放棄されるのであればしかたありません。女性には女性の役目もありますから、無理に帝位につかずともよろしいでしょう」

「そして、代わりにおまえが玉座に？」

オデットの皮肉な声にも気づかず、クスターはニヤリと笑う。自分こそ相応しいとでも言わんばかりの表情に、オデットはおぞましさと怒りで声を荒げた。

「わたくしは行かない！　おまえがアニトア王から国を奪いたいのであれば、好きにすればいい。だが、わたくしを利用しようとするな。仮に奪うことはできたとしても、それを己の力のみで成しえる者でなければ国を治めることはできない。断言する。おまえには絶対に不可能だ」

オデットが言い切ると、クスターは屈辱で顔を真っ赤にした。

「このっ……！」

摑まれていた手首が解放される。しかしすぐに頬に強い衝撃を受け、オデットの軽い身体は吹き飛び、床に転がった。

「ふざけるなっ、女の分際で!!　丁重に扱ってやろうと思っていたがもういい」

身体を床に強かに打ちつけられて動けないオデットに、クスターが足音を立てて近づいてくる。オデットは四つん這いになって逃げようとしたが、後ろから服を鷲摑みにされてしまう。じたばたと必死に抵抗した。そのときだった。

「オデット！」

玄関の扉が開く。熱風と共に飛び込んできたのは、必死な形相で息を切らしたユリウスだった。その背の向こう側は赤い炎が勢いよく燃え上がっている。

「それ以上近づくな！」

クスターはユリウスに怒鳴《どな》りながら、無理やりオデットを引きずり上げた。

そしてユリウスを注視しながら、オデットの腕を背に回して片手で捻《ひね》り上げると、もう片方の手で剣を抜く。

銀色の刃がオデットの視界に入る。そのまま刃は首に当てられ、冷たい感触が伝わってきた。

ユリウスは険しい表情のままその場に立ち尽くし、続々とやってきたアニトアの騎士達にも距離を取るように指示をする。クスターと共に来た男達も剣を抜き、ユリウスとアニトアの騎士達へと向けた。

「……誰ですか、あれは？」

クスターは剣を突きつけたまま、オデットに問いかけてくる。背後からでは、誰を見て言っているのかわからない。それを理由に、曖昧な返事をする。

「わたくしを見張っている、アニトア王の騎士達だ」

「あの銀髪の男のことです」

小刻みに震えた刃から、クスターが苛立っているのがわかった。しかし、オデットはこの質問に答えなかった。答えようにも、あの銀髪の男のことを一言で説明するのは難しい。真面目に答えたところで状況が好転するとは思えなかった。

クスターはサンドラと繋がっているようだが、おそらくそれは一時的なものなのだろう。サンドラが知っているはずの詳しい内情も知らされていないようだ。

「……あの男、確かこの前もいたな……」

クスターは独り言のように呟きながら、蛇のような執念深さで答えに辿り着いていた。

「やはり見覚えがある。そうだ、以前は黒い髪だったはず……。平民のくせに、大きな顔で宮廷にいたジョンではないか！　あなたの理解者のように振る舞っていながら、敵の内通者だったとは！」

クスターは興奮した様子で喚き、オデットに問う。

「なぜ、裏切り者と一緒にいるのですか？」

「アニトア王に命じられている。わたくしにもあの者にも選択の自由はない」

クスターの負の感情がこれ以上ユリウスに向かうのを避けたくて、いつものように淡々と答える。皇女として感情が顔に出ないよう教育されたことを、今はありがたくさえ思う。

「さきほど、あの平民は殿下を名前で呼んでいました。なぜお許しになった」

「わたくしは皇女でなくなったのだ。名で呼ぶしかあるまい」

冷静であれと、オデットは必死に自分に言い聞かせる。自分が人質となってしまっているせいで、ユリウスも騎士達も手出しができないのだ。炎に取り巻かれた屋敷がいつまで保《も》つかわからない。

「なるほど安心しました。ではオデット様、あの無礼で目障りな裏切り者を一番先に殺してよろしいですな？」

「……わたしには無関係だ。好きにしたらいい」

クスターに名を呼ばれる不愉快さを堪え、オデットは演技を続ける。あくまでも、監視者と監視対象でしかないふうを装う。

クスターは、今度はユリウスに向かって問いかけた。

「さて、お前はどうだ？　裏切り者のジョン。わざわざ火の中に飛び込んできたところを見ると、オデット様に相当執着しているのだろう」

何を思いついたのか、クスターはオデットの首に当てていた剣を掲げた。その勢いで後ろ手に摑まれていた手首をさらに強く捩《ね》じられてしまい、オデットは痛みに顔を歪めた。

「オデット様を悲惨な目に遭わせたくないのなら、全員武器を捨ててもらおうか」

オデットは手首の痛みに耐えながら、自分のことを無視してクスターに切りつけろと目配せしてみる。ユリウスとアニトアの騎士達ならば、簡単に制圧できるはずなのに微動だにしない。

オデットは心の中で舌打ちする。これでは、彼らにとってオデットが守るべき存在だとクスターに伝えているようなものだ。

「クスター。おまえは、わたくしを痛めつける気か？　生きたままのわたくしに、用があるのではないのか？」

わざわざ襲撃してきた理由をユリウスに伝えたくて、あえて口に出したクスターは掲げていた剣を下ろすと、ねじり上げたオデットの手に刃を当てた。

「そうですね。しかし、悪態《あくたい》ばかり吐くあなたには少し躾《しつけ》も必要です。指の一本や二本切り落とすくらいなら、女性の役目を果たすのに支障はないでしょう」

「……正気か？」

この男はどこかおかしい。

オデットがクスターにずっと抱いていた嫌悪感が増幅される。

クスターは以前からオデットに執着していたが、それは好意からの執着ではなかったのだ。クスターはオデットを人として見ていない。オデットが泣いて詫《わ》びて、服従することを望んでいる。

それどころか女の機能さえあれば、ものを言わぬ人形のほうが都合がよいとすら思っているのかもしれない。クスターにとって自分以外のすべては、自分のための道具でしかないのだ。脅しではなく本当に指を切り落としてくる可能性があった。

どうすればいいかわからずユリウスを見ると、彼はあっさり剣を捨ててしまった。

一瞬だけ、オデットに優しい眼差しを向けてきた。大丈夫だと言い聞かせるように。

一緒にいたアニトアの騎士達も皆、次々に武器を捨てていく。それを見たクスターが不愉快な笑いを漏らした。

怒りで、オデットの身体が震え出す。卑怯なクスターと、そして無駄に自分の命を危険にさらすユリウスに対しても。

「……何がそんなにおかしい」

　オデットは悔しさに涙を滲ませながら言う。

「クスター。おまえは誉《ほま》れ高きクナイシュ帝国の近衛騎士だったはず。女を盾にし、丸腰の相手に剣を向けるなどと、もはや騎士とは言えない。最低最悪の——」

「オデット、黙ってください！」

　クスターより先にユリウスが怒りの声を上げオデットを制してきた。余計なことを言って、相手を逆上させるなということらしい。かなり怒っている様子で睨まれたが、お互い様だ。屈辱に耐えるくらいなら指などくれてやろうと、オデットは刃を当てられている手でクスターの剣を摑んだ。

「なっ！」

　さすがのクスターも、オデットの行動に意表を突かれたらしく、手首の戒《いまし》めが緩んだ。その瞬間を見逃さず、クスターの脛を思い切り蹴《け》る。

「ぐっ……」

　反動で剣の刃を摑んだ手が滑りぽたぽたと血が滴り落ち始めるが、興奮状態にあるオデットはあまり痛みを感じない。人を蹴ったことは初めてだったが、意外にも効果があったらしい。それともクスターが痛みに弱かっただけか。

クスターが苦悶《くもん》の表情を浮かべながら痛みに耐えることで精一杯になっている間に、オデットはユリウスめがけて走り出すと、必死に手を伸ばしユリウスの胸に飛び込んだ。

「このまま伏せていてください」

ユリウスはオデットを抱きしめたまま床に転がった。

ほぼ同時に、ビュンと何かが空中を切るような音が聞こえ、男達の悲鳴が上がった。

騎士達が戦っているのだ。人が倒れるような振動が床越しに伝わってくる。どちらか、あるいは両方に被害が出ているのだろう。ユリウスの手によってオデットの視界はほとんど遮られていて、事態が把握できないだけに、恐ろしさが増した。

不安で呼吸が乱れ、無意識に拳を握る。それをきっかけに鈍《にぶ》っていた感覚が戻り、傷を負った手のひらがズキズキと痛み出す。

「大丈夫です。別動隊が動きました。すぐに終わります」

ユリウスの言った通り、戦いは長くは続かなかった。

しかし、戦闘が終わってもユリウスは「あなたは、見なくていい」と言い、オデットを胸に抱きしめたまま放してくれなかった。

ようやくユリウスがオデットを解放してくれたときには、クスターとその配下の者達はすでに消えていた。

それでも、床に残された夥《おびただ》しい血痕《けっこん》から、何が起こっていたのかだいたい把握することができた。ふと、床に刺さった数本の矢に気づく。空気を切る音はこれだったのだろう。しかし、狭い屋内で矢を放つなど、よく流れ矢が当たらなかったものだ。

「かなり早い時点で、背後から機会を窺っていたんですがね……」

いつの間にか姿を見せたユリウスの上司、マルセロが頭を掻きながらオデットに話かけてくる。

「お嬢さんが解放されなければ、あの男の頭を射貫くつもりでしたが、まさかお嬢さんがあんなことをするとは思ってもみませんでしたよ」

マルセロが苦笑いをこぼす。

「射貫く……。……では、あの男……クスターは？」

「一番の弓の使い手が狙っていましたので」

大きな血溜まりを見ながら、マルセロは言う。そこは確かにクスターが立っていた場所だ。ユリウスが見なくていいと言ったのは、このことなのだろう。

「もし……それ以外……クスターの配下の者で助かる命があるのなら、どうにかしてやってほしい……」

オデットは力なく訴えた。自分という存在がなければ、こんなことは起こらなかった。偽善だとわかっているが、マルセロが静かに頷いてくれたことが救いだった。

「お嬢さんは、怖い思いをしたんだ。……あまり怒るなよ、ユリウス」

マルセロはユリウスにそう言い置くと、部下達に指示を出すために離れていく。

ちらりとユリウスのほうを見ると、冷え冷えとした瞳でじっとオデットを見つめていた。怒っている、らしい。オデットは追い詰められた気分になった。この場をなんとかしようと、懸命に話題を探す。

「か、火事はどうなったのだろう。早く逃げたほうがいいのではないか？」

「消火もしていましたが、戦闘が終わるころに炎がいっせいに消えたようです」

いっせいに消えたというユリウスの言葉に、重大なことを話さなくてはいけないことを思い出す。あの女を野放しにしておくのは危険すぎる。

「あれは、たぶん魔術によるものだ。それについて、話が……」

「オデット」

ユリウスはオデットの話を遮るように名を呼ぶと、自分の胸元から手巾を取り出し、オデットが負傷している手を包んだ。不機嫌そうな顔をしているくせに、思いのほか優しい手つきだ。

「なぜ、危険なことを？　本当に、ありえない」

「わたくしは、それほどやわではない。これくらい別に……」

本当は今もズキズキと痛み、泣きたいくらいだった。傷痕《きずあと》が残ってしまうかもしれないし、もしかしたら、指先が思うように動かなくなってしまうかもしれない。

まだ乾ききらない血が滲んで、ユリウスが巻いた手巾を染めていっている。今までほとんど怪我をしたことがないオデットには、どれくらい深い傷なのかもわからない。

「頬も腫《は》れています」

ユリウスは手袋を外し、そっとオデットの頬に触れてきた。頬が熱いのは殴られて腫れたせいか、それともユリウスのぬくもりか。

「一緒に行かないと言ったら、殴られた」

「……なぜ？」

発せられたユリウスの声が、掠れていた。オデットは事実を説明しただけで、聞き返されると思わず、戸惑った。

オデットの頬にあったユリウスの手が離れていってしまった。また何か怒らせてしまったのだと思い、悲しくなる。しかし次の瞬間、オデットは頬だけではなく、身体ごとユリウスのぬくもりに包まれていた。

「なぜ、一緒に行かなかったのですか？」

「……わたくしにも、選択の権利がある」

オデットはユリウスの胸に包まれながら、素直にそう答えた。

「それでは今、ここにいることが、あなたの選択ということになってしまいますよ？」

「……」

オデットはそうだとも、違うとも言うことができなかった。

クスターをはっきり拒絶した。

皇女として立ち上がり、クナイシュ帝国を再興する意思もない。

だからといって、今ユリウスと一緒にいることが自分の選択となるのだろうか。

自分の意思で生きることは、どうしてこれほど難しいのだろう。

うまく気持ちを言葉にできない。

抱きしめるユリウスの手を振りほどくことができない。

ユリウスと一緒にいることを確かに望んでいるのに、口に出して願ってしまうことに抵抗がある。押し黙ったオデットに、ユリウスはそれ以上何も言わなかった。

「治療をしなければならないので、行きましょう」

「わたくしの手は大丈夫だろうか……？」

「大丈夫です。何も心配はいりません」

「医師でもないのに、無責任なことを」

「もし、不自由が残ってしまったら、私があなたの手となりますから、大丈夫です」

ついにじわりと涙が滲み出したのは、手が痛み出したせいだ。

オデットは怪我をしていないほうの手でユリウスの服の裾をぎゅっと摑みながら、外へ向かって歩き出す。

外は、屋敷の中より酷いありさまだった。鎮火されているが、庭はほとんど焼けてしまい、振り返れば、目の前の建物は、外観も黒焦げになってしまっている。

短い間しか過ごしていないし、仮の住まいであるということも知っていた。それでも、消失に寂しさを感じる。

「ユリウス様！　オデット様！」

大声で駆け寄ってきたのはハンナだ。先に無事に脱出していたらしいハンナは、オデットの顔を見ると、泣きながら苦しいくらいに抱きしめてきた。

「本当に、本当によかった……」

「心配をかけてすまなかった、ハンナ」

ハンナに抱きしめられると、ユリウスとは違う居心地のよさを感じる。

屋敷は焼けてしまったが、ユリウスがいてハンナとオリバーがいて、そんな生活がまだ続いてくれるなら、オデットは幸せなのかもしれない。

その瞬間だった。

オデットのそんな甘い考えを嘲笑うかのように、大地が轟音《ごうおん》を上げ始めた。

また地震だ。しかも、今までよりはるかに大きい。

強い揺れに焼け崩れていた建物の屋根の一部が庭に落下した。

「ここは危ないです。逃げましょう」

ユリウスが皆を促す。倒れてくるようなものがない、ひらけた場所へ。ハンナはオリバーに支えられながら、そしてオデットは——酷い耳鳴りに襲われ、その場に立ち尽くしていた。

オデットだけに聞こえる声が、頭の中に直接響いて、他の声が聞こえなくなる。

怒り、飢え、そして悲しみ、そんな声だ。

思わずその場にうずくまると、気づいたユリウスが抱き上げて、走り出した。

直後、ばりばりと何かが崩れ落ちる音がした。

「危ない！　逃げろ！」

騎士の誰かが叫んだと同時に、オデットの身体は宙に浮き地面に叩きつけられてしまう。

だが、叩きつけられた痛みより目の前の光景が信じられなかった。

「あっ……あ、うそ」

今まで自分がユリウスといた場所が、倒壊した建物の瓦礫《がれき》で埋まっていたのだ。

そして、オデットを守るために逃げ遅れたユリウスの身体がその瓦礫の中にある。

「いやだ。誰か……、誰か、助けて」

動揺で歩くこともままならないオデットは、這うようにその瓦礫に近づく。

「ユリウス？」

呼びかけても返事がない。

倒れた彼の頭の近くに、大きな柱がある。血がついていた。

「うそ、うそ、うそだ！」

オデットは怪我をしていることも忘れて、両手で必死に瓦礫を掻き分ける。小さな瓦礫はどうにかなっても、重い柱は非力なオデットでは動かすことができない。それでも、オデットは動かそうと柱を持ち上げようとする。

「お嬢さん、下がってください。あなたまでこれ以上怪我をしたら、ユリウスに半殺しにされる」

マルセロに引きずられるようにして、後ろに下げられてしまう。

瓦礫の下から救出されたユリウスの意識はなく、マルセロの指示のもと騎士達によって宮殿の医局に運ばれた。

ユリウスが宮殿付きの医師に治療を受けている間、オデットは治療室の外で待っていた。ハンナ達がオデットに寄り添ってくれているが、心配のあまり顔色がよくない。

「おい、しっかりしろ」

治療室から出てきたマクシミリアンがオデットに声をかける。

「頭を負傷しているが、呼吸は安定しているそうだ。だから大丈夫だ。死んだような顔をするな」

「……もう、目を覚ましたのだろうか？」

「いいや。薬を処方したから、どのみち朝まで目を覚まさない。しかし、治療は終わったから、お前もさっさと診てもらえ。その手では、触った場所が汚れて困る」

そう言われ己の手を見ると、ユリウスに巻いてもらった手巾は赤く染まっていた。その血が付着してしまったのか着ていた服も汚れている。マクシミリアンの言う通り、このままでは、オデットが移動するたびに壁や手すりを汚してしまうだろう。

オデットは黙って治療を受けた。

意識のないユリウスを何度も移動させるわけにもいかず、オデットはハンナらと共に宮殿で一夜を過ごすことになった。

通されたのは、以前自分が使っていた部屋ではなく、ただの客室だ。

二度と戻ってこないはずだった場所に、客人として滞在する――。

いつものオデットであれば拒否したくなるところだが、今夜は何かの巡り合わせのように感じ、黙って受け入れた。

頭に包帯を巻かれた痛々しい姿のユリウスが眠る寝台の傍《かたわ》らに立ち、じっと目を覚まさない夫を見つめる。

今は楽な服に着せ替えられていて、呼吸も穏やかだ。傍らにはさっきまで彼が着ていた黒い騎士服がある。そして、届けられた彼の所持品も。

「まだ、持っていたのか……」

騎士服の上に乗せられていたのは、かつてオデットが所有していたもの。ユリウスが『ジョン』と名乗っていた最後の日に、取り上げられた短剣だった。

赤い石が嵌《は》められた皇女のための特別な短剣。

これを再び目にした瞬間から、オデットの心は一定の方向に動き出す。

身体の中を流れる皇女の血が、教えてくれている。

さきほどの大きな地震は、地方で頻発《ひんぱつ》していた自然の災害とは違う。

大地を怒らせたことが原因だ。

それはオデットのせいでもあるだろうが、今日急に動きが活発になったのは別の理由があると考えていた。

(サンドラはきっと、禁忌に触れた……)

屋敷を取り巻いた、あの火柱。

サンドラが宮廷でも優秀な魔術師だったことは間違いないが、今までのサンドラだったら、火をおこすので精一杯のはずだ。そもそも魔術が衰退している昨今、誰の目にもわかる力を発揮できるほど強い能力を持った魔術師はいない。

だから今や、魔術や加護は、物語の中のものだと認識している人が多い。

もはや存在自体があやふやな魔術の例外が、オデットにかけられているまじないだ。

これには古代魔術が使われている。

オデットのまじないを見たときのサンドラは、強い興味を示していた。

どのようにしたのか方法はわからないが、おそらくサンドラは古代魔術を操れるような、力の源《みなもと》に辿り着いてしまったのだろう。そうでなければ、あれほどの炎を制御できる理由は考えられない。

古代魔術を操る、力の源。

それはずっとオデットが隠していた、秘宝の一端であり、禁忌の領域だった。

サンドラはその禁忌に触れ暴き、大地を怒らせた。そして、地に眠っていた獣を完全に目覚めさせてしまったのではないか。

オデットはぶるりと身体を震わせた。

治療後、マルセロや騎士達にサンドラの消息を尋ねたが、誰にもわからなかった。火事の現場にいたハンナ達も姿を見ておらず、サンドラの存在をあの場で把握していたのはオデットとクスター達だけのようだった。

クスターは死亡しているし、あの男の配下として働いていた者達で生き残った者もいるが重傷で話を聞くことはできない。サンドラを見つけ出せたところで、彼女に大地の怒りを鎮めることができるわけもない。

あれから、小さな地震が続いている。またいつ大きな地震が起きてもおかしくない。このままでは怪我人どころか、死人も出てしまうだろう。

大地の怒りを鎮めることができるのは、オデットだけ、だ。

「……」

ユリウスが生きている。それが嬉しい。

なのに、オデットの心は落ちた闇の底から抜け出せそうになかった。

これは、罰だ。

宿命から逃げたから。

希望ある未来を、望んでしまったから――。

「やはりこのまま、放置はできない……」

戻ってきた短剣は、オデットが行くべき道を示している。

短剣を取り上げられたあの日、オデットは自害しようとしていたが、今は少し違う。

生き延びることは難しく、結果は同じだったとしても、だ。

数ヵ月前なら考えもしなかった方法を、オデットは実行しようとしていた。

「わたくしは自分の宿命と戦ってくることにした。――ユリウス」

眠る夫の名を、初めて呼ぶ。最初で最後にならないように祈りながら。

もし、明日自分が消えてしまっていても、大切な人が平和に暮らせる時代がやってくるのならそれでいい。自分をかばって、ユリウスが瓦礫の下敷きになってしまったとき、生きた心地がしなかった。もうあんな思いはしたくない。

だからオデットは戦うと決めた。
でも……できることなら、生き延びて、これからも一緒にいたい。
「そなたのおかげで、わたくしは希望を捨てずにいられる。……ありがとう」
オデットは、眠る夫にそっと口付けをした。
彼の唇はやわらかく、そして確かなぬくもりがある。
きっと大丈夫。
医師の言う通り、朝になったらユリウスは目覚めるだろう。
――どうか、生きていくあなたが幸せでありますように。
オデットは意識のない夫に生まれて初めての口付けを贈りながら、必死で祈った。
言葉にできない想いと祈りは雫となって、ユリウスの頬に一粒落ちた。

Ⅶ　夜明け

皆が寝静まった深夜、オデットは短剣を抱えてこっそり部屋を出た。隠し通路を駆使して、聖堂の祭壇の横にある地下の入り口まで辿り着く。

ここへ向かう前に、オデットはユリウスに手紙を書いた。

ユリウスと彼の主が知りたがっていたクナイシュの秘宝に関する内容について。

そして、もし自分が戻らなければ秘宝をどうにかして闇に葬ってほしいと――。ずっと一人で隠し持ってきた秘密を打ち明け、後を託《たく》した。

ユリウスが目覚めるころには、もう決着はついているはず。

地下の入り口からそっと内部を窺う。どうやら内部には見張りはいないようだ。そこから歴代の皇帝の棺が置かれている空間に入り、さらに奥へと進み壁に隠された仕掛け扉を開ける。

扉の先には地下へ向かう石の階段があり、そこを下りてさらに地下深くをオデットは目指す。持っていたランプで注意深く足元を照らせば、階段の端のほうは苔《こけ》がびっしりと生えているのに、中央部分は剝がれていることに気づいた。

「やはり、誰かここに侵入したな……」

ここは皇族と、皇帝が許可した者しか立ち入ることができない場所だ。子どものころに一度だけ父と中に入ったのを最後に、この扉は固く閉ざされていたはずだった。

苔の剝がれ具合から、中に入ったのは一人や二人ではないようだ。

クナイシュ帝国は滅び、アニトアという名の国になった。

その国を治める王マクシミリアンが宮殿の地下通路を放置はすまいと考えていた。そもそも彼は戦で隠し通路を利用したのだ。同じように利用されないために、徹底的に調べるだろうと想定していた。

沈黙を貫いたことでサンドラが禁忌に触れてしまったのなら、隠していたオデットが悪いということになるのだろうか。

しかし、マクシミリアンは帝国を滅ぼし、父である皇帝を死なせた男。たとえユリウスが信頼している男であろうとも、民が王として認めていようとも、マクシミリアンを信用するのは、オデットには難しかった。

あの秘宝をマクシミリアンが悪用しない保証はどこにもないのだから。

それでも結局、手紙で後を託すのであれば、時間の問題であったのかもしれない。

いや、何を弱気になっているのか。これから自分は戦いに赴くというのに。

頭を振って、歩みを進めようとしたところに、背後から声がかかった。

「――やはり、宮殿を自由に動き回れるのか」

「っ！」

驚いて振り向くと、マクシミリアンが立っていた。その背後には、マルセロや見覚えのあるアニトアの騎士が控えている。

「監視がついていないわけがないだろう。おまえが部屋を出た時点で、ここに行くのだろうと地上から入って待っていた」

オデットは悔しくてきゅっと唇を噛んだ。まるで道化のようではないか。こちらは並々ならぬ覚悟をして、狭くて暗い複雑な隠し通路を使い、必死にここまでやってきたというのに。彼らは一番簡単な道を使い、先回りをして待ちかまえていたというわけだ。

「逃げ出すつもりはない。わたくしにかまうな」

吐き捨てるようにオデットが言うと、マクシミリアンは怪訝な視線を向けた。

「お前は、いったい何をしようとしている？」

「……少しばかりの後始末をしに行くだけだ」

そう言いながらオデットが睨みつけても、マクシミリアンは一切気にしない。

「後始末？」

「皇家の墓を暴いたのは、おまえの命令だな。秘宝とやらがそんなに欲しいか？」

「秘宝などいらぬ」

きっぱりと言い切る男に、オデットは瞠目《どうもく》する。

「ただ統治者として、秘宝なんて曖昧なものを放置しておくのは無責任だろう。それに、隠し通路の把握と封鎖をしたかったからな。墓は隠し通路が繋がっていたため、調査をすることになっただけだ。だが、墓の調査をしたいと最初に言い出したのはお前の夫だ」

思わぬ言葉にオデットは困惑した。

「なぜ……？」

「決まっている。お前のまじないを解くためだろうが」

こんな簡単なこともわからないのかと言いたげなマクシミリアンに、オデットはどう反応していいのかわからなかった。

「クナイシュ帝国の秘宝が、早世した皇女達と繋がっている――ユリウスがその可能性に気づいたのは葬礼のときだな。皇女の墓がひとつもないことは不自然だとユリウスが言い出し、その理由を調査していたんだ」

「墓は……ある」

「らしいな。今日、ユリウスはここの中心部分と思われる、赤い魔法石がある部屋に辿り着いた。そこにあった魔法石が皇女の墓であり、それはただの墓標ではなく、危険なものであるともユリウスは言っていた。そして、そこを完全に封じるべきだと……。あれだけ必死にまじないを解く方法を探していたくせに、ほんの少しでも危険な目にお前を遭わせたくないらしい」

「そう、か」

オデットの胸がじんと痛む。

ユリウスはそこまで辿り着いていた。そしてオデットを利用しようと考えもせず、ただひたすらに守ろうとしてくれていたのだ。

もっと信頼して、もっとたくさん話をしておけばよかったと後悔しそうになる。そうすれば、ユリウスはあんな怪我などせずにすんだだろうに。しかし、今は感傷的になっているわけにはいかない。

「サンドラは？　あの女も一緒に地下に入ったのではないか？」

ユリウス達があれを使う気がないとしても、あの女魔術師は違うだろう。

オデットが問うと、マクシミリアンが頷いた。

「サンドラの知識が必要になりそうだと、ユリウスが調査に同行させた」

「……あの女は古代魔術に興味を持っていたからな」

オデットの腹に施されたまじないと見たとき、魔術師長が自分になぜ古代魔術を教えてくれなかったのだと憤《いきどお》っていた。

「秘宝とは、やはりお前自身を指しているのだろう？」

オデットはマクシミリアンの問いには答えず、クナイシュ帝国の皇女として毅然として言い放った。

「ここからこの先には、アニトア王は行かぬほうがいい。命の保証はできない。これはそなたに関係ない、クナイシュ帝国の問題だ。わたくしが最後の皇女として始末をしなくてはならぬ」

皇女としての矜持にマクシミリアンも思うところがあったのか、一瞬言葉に詰まったような表情を見せたが、すぐにきっぱりとオデットの言葉を叩き伏せた。

「俺には、王としての責務がある」

オデットに皇女としての矜持があるように、マクシミリアンにも反旗を翻し王にまで上り詰めた者としての矜持があるのだろう。

彼は王なのだ――オデットはそう認めざるを得なかった。

この男は血筋や生まれなど関係なく、王としての資質を有しているのだろう。

オデットはなんとも言えない敗北感に襲われ言葉を失う。

「っ！」

また、小さな揺れが起きた。

闇の奥から、地鳴りなのか獣の咆哮《ほうこう》なのか区別がつかない不気味な音が響いてくる。その音はもはやオデットだけではなく、この場にいる人間すべてに聞こえているようで、マクシミリアンと騎士達が警戒を露わにした。

マクシミリアンは敵を前にした将のように覇気《はき》を漲《みなぎ》らせながら、闇を注視している。

もうあまり時間が残されていないことをオデットは感じていた。

「おまえ達はここに残れ」

そう言う声が少し震えてしまったのが悔しい。

「この先に何があるのか……いや、何がいるのかが正しいか？　俺は王として知っておくべきだ。そもそもなんの力もない小娘を信用できるか。一人では行かせられん」

マクシミリアンは一歩も譲らない。信用できないと言いながら、マクシミリアンは危険な場所にオデットを一人で行かせる気がないらしい。それは騎士達も同じようで、オデットはしかたなく折れるしかなかった。押し問答をしている時間の余裕などないからだ。

オデットとマクシミリアン、それにマルセロ達騎士団の護衛数名は、聖堂から地下迷宮に下りていく。地震のせいで回廊は頻繁に揺れるので、同行した騎士達は不安で顔を青ざめさせているが、案内役のオデットは先頭を切って黙々と進む。

怖くないわけではない。ただ、頼る相手もいないので覚悟を決めただけだ。

「こっちだ」

道が分かれていても、オデットは迷うことはない。

「本当に通路を熟知しているのだな。ここはお前の遊び場だったのか？」

「知識として頭に叩き込まれているだけだ。……ここの主《ぬし》に道を歪められなければの話だがな。それに今は声がはっきり聞こえる。主が、わたくしを呼んでいるから……」

「声など俺には聞こえないが」

マクシミリアンの怪訝そうな声にオデットは口元を小さく歪めた。

「今や、わたくしにしか聞こえまい。この身に流れる血のせいだ」

「……秘宝か……」

ここまで言葉を重ねれば、さすがに何かを察したらしいマクシミリアンの声が掠れる。

「……クナイシュの乙女から連なる血が糧となり、大地に加護が与えられるそうだ」

もはや隠していてもしかたない。オデットは歩きながら話し出した。


それは三百年前の物語。

物語には聖なる獣が登場する。大きくて白く、美しい獣として絵画には描かれている。

戦乱の時代。

獣はある男に加護の力を与えて勝利させ、クナイシュ帝国建国へと導いた。

そして戦いが終わると獣は皇帝となった男に、以前から想いを寄せていた心優しい皇女を欲した。皇女も勇ましく強い獣を想っていたため、皇帝はこれを承諾し、二人は種族を超えて夫婦となった。

獣は愛する皇女の願いなら、なんでも叶えたかった。

慎み深い皇女が願うのは、家族が暮らすこの大地のとこしえの平和だけ。

獣は皇女の願いを叶えるため、大地に加護を与えた。皇女はこれを喜び、二人は獣の用意した現世《うつしよ》と常世《とこよ》の間《はざま》で仲睦まじく暮らしたという。


ここまでは、誰もが知っている話だ。しかし、この話には続きがある。

今はもうごく一部の神殿関係者しか知らないだろう。


聖なる獣と契《ちぎ》りを結んでも、皇女は聖なる存在にはなれなかった。

人は人、やがて老いて死ぬ。

獣は愛する皇女がいなくなった永遠に耐えきれなかった。

怒り、嘆き、悲しみ……獣の感情は、クナイシュの大地に影響を及ぼす。

時の皇帝は二代目、獣の妻となった皇女の兄。

皇帝はクナイシュ帝国に平穏をもたらすため、妹の代わりに自分の娘を捧げた。

獣は捧げられた皇女を愛しはしなかった。

だが、愛した人と同じ血の匂いを本能で感じ、それを欲した。

帝国は皇女を捧げ、その対価に赤い魔法石を得た。赤い魔法石は凄まじい力を有しており、大地は加護の力に満たされ、再び平穏が訪れたのだ。目撃した魔術師は、それを奇跡と呼んだ。

以来三百年間、三十回の血の連鎖を繰り返している。

ここにオデットも連なるはずだった――。


そしてオデット達は今、その聖なる獣、大地の守り神のところに向かっている。

マクシミリアンは、オデットの昔話を聞き終えると深いため息を吐き出した。

「お前に施されているのは、獣の贄《にえ》となる印《しるし》なのか？」

「違う」

「では、その血を絶やすために、お前の父親は娘にまじないをかけたのか？」

「そうだ。父上の妹……わたくしの叔母上が犠牲になったことをずっと悔いていた。そして皇女の命を捧げても広がる、加護のほころびに気づいておられた。もはや、この犠牲は意味がないと……。だから、父上が皇帝となり、わたくしが生まれたときに決められたのだ。犠牲の上に成り立つ治世を終わりにすると――」

皇女の命を捧げても、今まではなかった災害が起こる。加護の力は着実に弱くなってきていた。オデットの父は娘の命を犠牲にせず、獣の加護を捨てる覚悟をして、違う方法で災害に立ち向かう道を選んだのだ。

もう伝説のものとなっている加護の話、ずっと隠された国の暗部。クナイシュ帝国の安寧のために、皇女を捧げてきたという真実を公表したとて誰も信じまい。

これは、ユリウスへの手紙にも書いた内容だ。

しかし、覚悟して他の方法を模索しておきながら、結局、父もオデットも自分達の終わり方を迷っていた。

父は血脈以外から後継者として養子を迎え入れ、連綿《れんめん》として続いてきた犠牲による加護を断ち切り、オデットは誰とも結婚せずただの皇女として一生を終える。

それが一番穏便に次代に繋ぐことができる方法だと父は考えていたが、富を貪ろうとする者達から後継者を選ぶのは困難だった。

彼らに真実を伝えれば、たとえ信じていなくても、皇女を捧げて加護を得ようと考えるだろう者ばかりだったからだ。

だからこそ、オデットは後継者として父を支え、国を守りたかった。しかし、父はオデットがこれ以上犠牲となることを良しとはしなかった。加護を断ち切るためとはいえ、オデットにまじないを施したうえに、国を導く責務まで負わせたくなかったのだ。

国を思い、互いを思い合う父と娘の静かで愚かな攻防。

決着をつけることはできぬまま加護が薄れて国が傾いていき、マクシミリアンという嵐のような男が現れ、あっさりとすべてを変えてしまった。

「わたくしは地下迷宮がこのまま朽《く》ちて自然に忘れ去られればよいと思っていたが、どうやら神は許してはくれないようだ。叔母上が犠牲になってから二十年以上経っている。今はさぞかし腹を空かしているのだろう」

「俺は加護やら魔術やら、そんなあやふやなものに頼って国を治める気はない」

「そうか……それはよかった」

これはオデットの心からの言葉だ。こんな形になってしまったが、結果として父の意志が受け継がれていくことが、せめてもの救いだ。

だからこそ、マクシミリアンをこれ以上巻き込むわけにはいかない。

「この先に罠がある。解除してくるから少し待っていてほしい」

さりげなくオデットは同行者達にその場で立ち止まるように告げた。

「危険はないのだろうな？」

マクシミリアンが疑い深く問う。自分達に……ではなく、オデットに危険がないかと問うているのがわからないほど愚かではない。

だからこそ、オデットは深く頷くと、十歩ほど先の目的の場所を指さした。

「問題ない。すぐそこだ」

短剣を握り締めながら、一人先に進む。それから自分で指し示したあたりにあった、石の壁にできた大きな鍵穴のようなくぼみに、ためらわず短剣を一気に差し込む。

ガチャンと、何かが外れた音がした。直後、上から頑丈《がんじょう》な鉄格子《てつごうし》の扉が一気に落下し、オデットが通ってきた道を遮断する。マクシミリアン達を残したまま。

「おい、オデット！　ふざけるな」

すぐに駆け寄ってきたマクシミリアンは、鉄格子を両手で揺らした。しかし、重たい鉄の柵はびくともしない。

オデットは口元に笑みを浮かべた。

「そうやっていると、檻の中の野獣のようでなかなかおもしろい。……ここから先は一人で行く。邪魔をするな」

「最初からそのつもりだったな。俺を騙すとは、性悪《しょうわる》な小娘だ」

「わたくしが戻らなかったときは、守り神に食べられたと思え。その場合、再び暴れ出すまでに数年の猶予ができるはずだ。それまでにせいぜい対策を考えろ。……あとは任せた」

「待て！　お前は自分の父親を裏切るのか？　その場しのぎの犠牲は意味がないのだろう。まじないまでかけて、断ち切ろうとしたものを無下にするのか？」

激高するマクシミリアンの言葉に、オデットの心の中に大好きだった父の顔が浮かぶ。

マクシミリアンの言った通り、これは血の宿命から遠ざけようとしてくれていた父の気持ちを裏切ることなのだろう。まさしくその通りだから、仇でもあり父の意志を継いでくれる男に指摘されても怒りすら湧いてこなかった。

「ユリウスを置いていくのか!!」

マクシミリアンの叫びにオデットは心抉られる。なんてことを言うのか、この男は。

やっと自分の本当の気持ちを知ったのだ。ユリウスの側にいたい。あの声を聞いていたい。彼のぬくもりに触れていたい。何より、幸せに生きていてほしい。

だからこそ、オデットはここまで来たのだ。

「……死なないように、努力はする」

オデットは鉄格子を落とすための鍵になっていた短剣を、壁の穴から取り出した。そしてそれを抱えながら走り出した。マクシミリアンの怒声が聞こえてくるが、オデットは振り返らない。

持っているものは、小さな灯りと、一本の短剣。

たったそれだけだ。

この短剣はクナイシュ帝国皇女のための特別なものだと聞かされている。

最奥の部屋の前までやってきたオデットは、周囲の不快な壁画はあえて見ないようにして、ためらわずにその扉を開ける。目の前に広がる赤い墓石が呼応するように輝いた。そして、哄笑《こうしょう》が響いた。予測通りに先客がいたのだ。

「サンドラ……やはり、ここにいたのか」

「あら、お姫様。いらっしゃい」

赤い石の側に座り込んでいたサンドラは振り返ったが、興味なさそうに視線を逸らし熱心に赤い石を見つめ始めた。

うっとりと、もう他のことを考えられないという態度だ。地面には、持ち出そうとしていたのか、手のひらに収まる大きさに切り取られた石が、いくつか転がっている。

「その石は、おまえの身には余る。やめておけ」

「いいえ、これはすべて私のもの。私以外誰も使いこなせないわ」

そう確信しているように語るサンドラだったが、かつての美しさが衰えてしまっているように感じられた。彼女の自信に満ち溢れる美貌は、オデットが嫉妬と羨望で苛ついてしまうくらい、強烈なものだったはずなのに。

今はまるで、石の力に取り憑《つ》かれ、生気を吸われたように老《ふ》け込んで見えた。

「無理だ。おまえにも使いこなせない」

「そんなことはないわ！　私ならできる」

激しく反駁《はんばく》してくるサンドラは、ふいにニヤリと笑みをこぼした。

「……そうだわ、思い出した。私、お姫様を探していたのよ。あの男、クスターでしたっけ？　なんだか色々と偉そうにほざいていたくせに、失敗するんだもの……おかげで疲れてしまったわ。でも、自分からやってきてくれるとは思わなかった。ありがとう」

サンドラは落ちていた赤い石を拾い、立ち上がる。その石が光りだすと、彼女の目も真っ赤に染まった。

「さあ、こちらにいらっしゃい」

その言葉を合図にしたかのように、オデットの身体が引っ張られた。あまりに突然でバランスを崩して転んでも、ずりずりと床を引きずられてしまう。

オデットの意志などまったく無視して、さらに奥の扉――呼び声のするほうに連れて行かれた。抗うことさえままならない。

「かわいいお姫様。あの扉の向こうに、何があるのかあなた知っていて？」

その先の扉は、オデットも開けたことがない。だが、そこに聖なる獣と呼ばれていたものが存在していると知っている。

扉の向こう側は、神域だ。

「ねえ、この赤い石の柱はね、ものすごい魔力を秘めているの。それに見て、天井の魔法陣を。ここはクナイシュの大地を守る魔力の核そのものなのよ。でもね、ちょっと力が弱まってしまっているの。なぜかしら？」

「サンドラ……やめろ」

「ほら、あなたの本当の夫が待っているわよ。さっさと行って、私の力の源になりなさい。そうすれば、もっと強力な魔力が手に入る。魔術師長様さえ辿り着けなかった場所へ、私は行くわ」

また身体が勝手に動き出す。オデットは強い力に引き寄せられ、咆哮の聞こえる大きな扉の前まで連れてこられてしまった。

サンドラに行けと言われなくとも、どのみちオデットは今夜この扉を開けるつもりだった。扉の向こう側にいる存在と対峙しようとしていたのだから。

しかし、このままではサンドラも巻き込まれてしまう。

実に腹立たしい女だが、危険な目に遭わせようとまでは思わない。

「ここから……離れ、ろ、サンドラ」

「嫌よ」

この女は自分だけは無事でいられると思っているらしい。魔術師のくせに、なぜ扉の向こうから漂ってくるこの圧倒的な気配を感じていないのか。

「ククッ……ハハハハハ……」

サンドラは何かに取り憑かれたかのように笑い出した。

以前から好きではない笑い声に、今まで以上の不愉快なものを感じ、オデットは眉根を寄せる。彼女の口はこんなに大きかっただろうか。

「待ッテイタ、待ッテイタ、扉ヲ、ハヤク」

サンドラの口を借りて、笑っているのは誰だ。背筋が凍りつく。

「血ノ契約ヲ」

迫るサンドラの器を借りた何者かが、オデットの負傷している手を摑んだ。巻かれていた包帯を取られ、傷口がさらけ出される。

「なにを！」

サンドラだった存在は、人間のものではない長い舌を覗かせ、その傷口を舐めた。

「やっ……やめろ」

「嗚呼、オイシイ……」

乾ききらない傷口の血を味わい、恍惚とした表情を浮かべる。そうして、オデットの手のひらを無理やり扉へと近づけていった。扉は皇女の血を媒体にして開かれる。それを知っているオデットの鼓動は、緊張と警戒でバクバクと打ち始めた。

重い石の扉にオデットの傷ついた手が触れると、何かが外れるような衝撃音と共に扉がぎしぎしと音を立てながら開いていく。

「サンドラ、ここにいてはいけない。逃げろ！」

もはや手遅れかもしれないが、最後にもう一度呼びかける。しかし、サンドラは呼びかける声に反応してくれない。オデットの手は解放してくれたが、待ち焦がれたかのように扉の先にある世界を覗こうとしていた。

すると扉の隙間から、漆黒の鱗《うろこ》のような物体がいっせいに飛び出してきた。

ねっとりとしたその物体は、ひとつひとつが生きているように動き回り、重なり合いながら、やがて大きな人の手のような姿になっていく。

そしてその大きな手は、一番近くにいたサンドラを真っ先に捕らえた。

「サンドラ！」

部屋の中に風が吹きすさび、竜巻のように渦を巻き始める。

吹き飛ばされてしまいそうな強い風の中、オデットはサンドラが黒い手に飲み込まれながら扉の向こう側に引きずり込まれていくのを確かに見た。

引きずり込まれた先から、暴風によって発生する轟音以外に、人間の叫び声が聞こえてくる。耳を塞ぎたくなるほど、とてもいびつで必死な叫びだ。

「あっ……あっ……そんな……」

一度は消えた黒い塊が、今度はオデットに向かってやってくる。短剣を必死に摑み戦おうと己を鼓舞《こぶ》しても、恐怖に囚われた身体はなかなか言うことを聞かない。

震える手でなんとか刃を向けるが、黒い塊がまた大きな手の形になってオデットに近づいてくる。

（怖い！　怖い！　助けて……）

結局オデットは、足を竦《すく》ませ、みっともなく尻を地面につきながら、後退りすることしかできない。このままでは何もできずに、自分もサンドラのように飲み込まれてしまう。

これが神と呼ばれるまでになった存在の、圧倒的な力なのだ。

すでに己の末路をほぼ断定しかけていたオデットだったが、なかなかその瞬間は訪れない。さっきと違い、黒い手の動きが遅いことに気づいた。

大きな手のような形をしていたその塊は、ぐねぐねと動き、今度は生物のような形を取り始める。狼のような、黒い獣だ。

もうその牙はすぐ目の前に迫っているのに、なぜかそれ以上距離を縮めてこない。

もしや期待した通り、手にした短剣に何かしらの効果があるのか。オデットはわずかな可能性に賭けて、もう一度立ち上がり、両手でしっかりと構えた。

あと二歩か三歩、踏み出してこの短剣を突き立てる。

ただそれだけだ、きっとできる。

オデットは覚悟を決め大きく息を吸い込んだ。しかし足を一歩踏み出す前に、それを制止する声が響いた。

「オデット、やめてください！」

部屋に飛び込んできたのはユリウスだ。それにマクシミリアンやマルセロ達もいる。

「……どうしてここへ来たんだ！」

オデットは黒い手に短剣を向けたまま振り返り、ユリウス達を睨みつけた。医師は朝まで起きないと言っていたはずなのに。

「あなたに呼ばれた気がして、目を覚ましました」

「呼んでなどいない！　それに通路は閉ざしたはずだ」

彼らはこれからの未来を担う人達。だからこそ巻き込みたくなかったのに、なぜ当然と言わんばかりの顔でここにいるのだろう。

「古い罠だったのが幸いだった。マルセロの腕力が勝った」

マクシミリアンが短くあっさりと説明した。通路の鉄格子を腕力で壊したらしい。後ろでマルセロは二の腕に力《ちから》こぶを作って得意げにしている。

罵りたくてしかたないオデットだったが、彼らのおかげで恐怖からくる身体の震えは知らぬうちになくなっていった。

しかし、新たな侵入者の存在に触発されたのか、轟々《ごうごう》と音が響き出し、黒い獣がぐねぐねと動き出す。

扉の向こう側から、また黒い鱗が溢れ出し、獣の姿を大きくさせていく。

「オデット。言い訳はあとで聞きます。離れないでください。逃げますよ」

ユリウスは迷いなく歩み寄り、オデットを片手で抱え上げた。怪我だって治っていないボロボロの姿で、もう片方の手で剣を持ち黒い獣を牽制する。

「下ろせ、ユリウス。わたくしを置いていけ！　そうでなければ神の怒りは鎮まらない」

　黒い獣はもう完全に目を覚ましてしまった。このままオデットが逃げれば、追ってきて地上へ出てきてしまうかもしれない。そうなってしまったら、どうなるのか想像さえつかない。

「何を言っているのですか？　そんなことできませんよ。それにあれは飢えた魔物です。神と呼ぶにはあまりにも邪悪すぎる」

　オデットの言葉など聞き入れるつもりがないのか、ユリウスはさらに強く彼女を抱え直すと出口に向かって走り出した。人ならざる者から簡単に逃れられるわけもない。オデットは思わず先導するように前を走るマクシミリアンに叫んだ。

「アニトア王！　この男はそなたの騎士だろう。しっかりと命じろ。守るべき相手が誰なのか」

　オデットの必死な声に、マクシミリアンは走りながら軽く振り返り鼻で笑う。

「はっ、残念だったな。ユリウスはもう俺の騎士をやめた」

「ふざけるな。こんなときに、たわごとを！」

　マルセロが破壊した鉄格子を通過しても、黒い獣は追いかけてくる。禍々《まがまが》しいその動きは、確かにユリウスの言う通り魔物というほうが正しいのだろう。

　このままでは全員が無事ではすまない。だから、オデットは彼らと一緒に行くわけにはいかないのだ。

「わたくしを置いていけ、ユリウス！」

オデットは腕の中から下りようと暴れるが、ユリウスはそんな抵抗などものともしない。

オデットが訴えれば訴えるほどに、抱きしめる腕の力を強くしていく。

「この短剣なら、あの魔物と戦えるかもしれないんだ。だからっ」

「あなた本気で戦うつもりですか？　なんて愚かな。そんな危ない真似させるわけがないでしょう！」

追ってくる黒い獣はまた鱗へと形を崩し、新たな変化をし始めていた。今度は蛇のように長く速く、そして大きな口を開けて迫ってきている。

もうだめだと思った瞬間、オデットは握っていた短剣をユリウスに奪われてしまった。

「マクシミリアン！」

鋭い声で先を走る男の名を呼んだかと思うと、ユリウスはマクシミリアンにオデットの身体を強引に預ける。そうして自分は短剣を構えて、魔物へと向かっていった。

「オデットをお願いします。丁重に扱ってくださいね」

なんとかオデットを受け止めたマクシミリアンに、そう言い置いた直後、ユリウスは魔物の放つ黒い闇に飲み込まれてしまう。

オデットはヒュッと息を呑んだ。

おぞましい魔物が、ユリウスを食らいつくしているようにしか見えない。

「放せっ、今すぐ放せ！」

オデットは暴れ、マクシミリアンを叩いた。しかし彼はぴくりとも動かない。

「あれは、お前の騎士だ」

マクシミリアンが何を言っているのか、オデットには理解できなかった。さきほども騎士をやめたなどと言っていたが、ふざけている場合ではないのだ。あの黒い闇からユリウスを助け出さなくてはならないのに。

「戦えるのだろう、あの剣なら。だったら、信じろ」

全力で暴れているのに、忌々しいことにマクシミリアンの腕は少しも緩みもしない。

腹が立つ、無力な自分に。

オデットが欲しいのは、こんな男の腕ではない。ただの戯《たわむ》れであろうと、ユリウスがオデットの騎士と言うのなら——。

暴れる勢いのまま、マクシミリアンに思い切り噛みついた。

「痛てぇ！　おい！」

「わたくしのものなら、わたくしが取り戻す！」

マクシミリアンが驚いて戒めを緩めた瞬間に、オデットは魔物に飲み込まれたユリウスのもとに駆け寄った。

もしここでユリウスを失ったら、オデットも壊れてしまう。

闇の中にまだユリウスがいることを信じて手を伸ばす。闇ごと抱きしめるように抱え、ユリウスの存在を探した。

それはとても奇妙な感覚だった。暗い水の中を漂うような。

一瞬のようで永遠。

走馬灯のようにオデットの脳裏に行き交うのは、自分のものではない、古い記憶。

オデットとよく似た容姿の娘がいた。

それに寄り添う白い獣も。

娘はやがて成熟した女になっていく。そして病《やまい》なのだろうか、徐々に弱っていく様が見えた。

弱っていく女に獣はあの短剣を与えた。愛する者がいなくなった世界では、己は狂ってしまうかもしれない。そうなる前に殺してくれと懇願する。

これは——魔と化してしまった獣の記憶だ。

女は結局、獣を置いて逝ってしまった。そこまで見届けた直後、よく知ったぬくもりに手が届く。引き寄せようとその手を探り、オデットの指先が短剣に触れた瞬間、ぱっと闇を引き裂くような光が溢れ出した。

ほろほろと魔物の作り出した闇は崩れ消え、気づいたときには短剣を持った、愛しい男の姿がそこにあった。

「……消滅したのか？」

「……そのようです」

息を切らしながらも、ユリウスはその足でしっかりと立っていた。包帯を巻かれたボロボロな姿のままだが、怪我が増えたようには見えない。

「……さっきわたくしのことを愚かだと言ったが、おまえのほうがよほど愚かだ。どうしてだ？　どうして、わたくしのために……何度も」

安堵と共に、複雑な感情が一気に押し寄せてくる。屋敷が崩れたときもそうだ。なぜユリウスはオデットのためにここまでしてくれるのか。

「ご心配をおかけして、申し訳ありません。でもあなたも無茶をなさいましたね」

「わたくしは、自分のやるべきことをしようとしただけだ。結果、間違っていなかった……と思う」

短剣を持って、魔物に立ち向かって倒す。

これで三百年もの間、続いてきた問題は解決したのだ。

「過程の問題を言っているんです」

ユリウスはそう言って、オデットの鼻をつまんだ。それを見ていたマクシミリアンが、呆れたように声をかけてくる。

「おい、人前でいちゃつくのはほどほどにしておけよ。ここは崩れるかもしれない」

いちゃつくという言葉にオデットはぼっと頬を火照らせた。いちゃつくというのは、相思相愛の者達に対して使う言葉であったはずだ。数時間前、本当の気持ちを自覚したが、いちゃついているのとは違うはずだ。ユリウスはそんなオデットを見つめ微笑む。

「早くしろって」

「そうですね、行きましょう」

急《せ》かすマクシミリアンに頷いたユリウスに手を引かれ、オデットは地上に向かって歩き出した。しかし外に出たところで立ち止まり、振り返る。

誰かに呼ばれた気がしたのだ。

「……少し待ってくれないか？」

東の空から朝日が昇ってくる。オデットは朝焼けの眩しさに目を細めながら、聖堂があった場所を注視した。

そこには、輝く白い毛並みの小さな獣がいた。

きょろきょろと〝誰か〟を探す寂しげな姿に、ツクンと胸が小さく痛む。

目が合うと、獣のほうから歩み寄ってくる。警戒して前に出ようとしたユリウスを手で制して、オデットもゆっくりと獣へと歩み寄った。

「おまえが……魔物の成れの果てか……いや、邪気が抜けてもともとの聖なる獣に戻ったのか？」

物語に描かれていた白い獣は、人より大きな存在だった。

地下で見た魔物の記憶でも同様だ。ここまで小さくなってしまったのは、その力が弱まったせいなのかもしれない。

「寂しいのは、よくわかる。わたくしもそうだ。……でも、おまえは悪さをしすぎた」

手を伸ばし、子犬を扱うように持ち上げる。

「本当に、血を欲しているのか？　違うだろう。おまえが探しているのはわたくしでも、犠牲となった他の皇女でもない。たった一人の大切な人のことすら思い出せなくなってしまったのなら、少しだけ手助けしてやろう」

先に間違ったのは人間だ。

人間は、白い獣が愛した皇女の身代わりを捧げてはいけなかった。

荒れ狂う獣を鎮めるためには、他の方法を探すべきだったのだ。

獣は荒れ狂う心のままに贄として捧げられた皇女の命を奪い、人間は代償として得た莫大な力に溺れてしまう。

獣と人間の歪んだ関係は三百年も続き、獣をこの地に縛りつけてしまった。

関係を歪ませたのが人間ならば、獣を解放するのも人間でなくてはならないだろう。

オデットはぎゅっと獣を抱きしめてから、その鼻先に口付けをした。

三百年前の皇女の代わりに。

「きっと待っているから。大丈夫だ。もう寂しくない」

すると大地からやわらかな光の粒が空へといくつも放たれた。獣は礼を言うかのように
オデットの胸に頭をすり寄せると、オデットの身体からも光の粒が放たれた。

そして獣の身体も七色の光の粒へと変化して霧散しながら、光と一緒に空へと上ってい
く。やがてすべてが消えてなくなった。

「まじないも……消えたかもしれない……」

自分の身体が作り替えられていく感覚を、確かに感じていた。

大地から放たれた光は、赤い魔法石にされた皇女達の魂だろうか。

この大地と同じように、彼女達の魂もオデットもなんの制約も受けない、本来あるべき
姿に戻ったのだ。何か自分だけが取り残されたような、喪失感すらある。

「オデット？」

「……なんだかものすごく眠い。あとは頼んだ」

ユリウスが近くにいるから大丈夫。オデットは安心して瞼を閉じた。

終

夢を見た。

夢の中では父が笑っていて、ユリウスも笑っていて、ハンナとオリバー、それから女官達、マクシミリアンやマルセロも楽しそうにしている。

みんながオデットに優しかった。

赤子だったころに天に召されたはずの母もいた。よく頑張りましたね、と頭を撫で褒めてくれた。夢だとわかっているのに、嬉しくてオデットは泣き出してしまった。

『泣かないでください、オデット』

母に代わりユリウスが側に来て、オデットの涙を拭い、眦《まなじり》に口付けをした。それだけで涙は引っ込んでしまう。

『皆の前で、やめろ！』

恥ずかしがって睨んでも、ユリウスは気にしたそぶりも見せず微笑みかけてくる。そしてもう一度、顔を寄せ、今度は唇と唇を合わせてきた。

つい最近、実際に経験したことがある感触と同じだった。やわらかくて、温かくて、そして苦しい。本当に夢なのだろうか？　夢なのにうまく息ができない。

意識が覚醒していくのがわかる。そして――。

「オデット、いい加減目を覚ましてください」

声に反応し、ぱっと目を見開くと、緑がかった黒の瞳が飛び込んでくる。ユリウスが触れそうなほど近い距離で、オデットを見つめていた。

「――今、わたくしに何をした？」

ここはどこで、今がいつなのかわからない。でも、それよりはるかに気になったのは、ずっと距離が近いままでいるユリウスのことだった。

「おはようございます。あなたが寝ている間に、世界はずいぶん変わりましたよ」

とぼけるユリウスに、尚も言い募る。唇には確かにその感触が残っていた。

「今、わたくしに何をしたのかを聞いている。勘違いでなければ、寝ている間に不埒なことをしただろう！」

「勘違いでなければ、ですが……眠っている私に口付けたのは、あなたのほうが先だったはず」

ユリウスの言葉にオデットはビクッと肩を震わせ、顔を背けて小さく呟いた。

「……それは、きっとおまえの勘違いだ」

確かにオデットは眠っているユリウスに口付けた。だがあのときは、気持ちを伝えるつもりも知られるつもりもなかったのだ。気づかれてしまうなんて思ってもいなかった。

しかし、眠っている間も身体の感覚は完全に失われていないのだと、たった今オデットは身を以て知ってしまった。

ユリウスはオデットの手を握り締めながら言う。

「あのとき、夢の中で名を呼ばれ、あなたが口付けをしてくれたような気がして、私は目覚めました。だから同じことを試したまでのこと」

「……忘れてほしい」

「忘れません。もう一度名前を呼んでください。でないと……」

背けた顔をもとに戻され、顎をくいと持ち上げられた。

これは脅しだ。名を呼ばないのなら口付けをする。そういう意味だと解釈し、顔を真っ赤に染める。ユリウスの頑丈な胸を両手で押しのけるが、オデットの力では離れることさえできない。

「オデット」

ユリウスがオデットの名を囁く。とても甘い響きだ。同じように名前を呼ぶことを求められているのだと伝わる。心臓の音がうるさくなり、耐えきれなくなってしまいそうだ。

オデットは口をもごもごとさせながら、目の前の男の名を呼んだ。

「ユ、ユリウス！」

情緒も何もなく、ただ呼んだだけ。自分の子どもっぽさに辟易《へきえき》とする。

それでもユリウスは、オデットを抱きしめてくれた。恐る恐る自分からも手を伸ばす。

とても広い背中だった。

ふと、自分の手に巻かれた包帯が目についた。

そういえば傷はどうなっただろうかと、手を開いたり閉じたりしてみる。

「傷は、だいぶよくなっているはずです。痕は残ってしまうかもしれませんが」

「別にかまわない」

怪我をしたとき、たとえ不自由が残ってしまっても、ユリウスにオデットの手になると言ってもらえたことが不安を消してくれていた。失ったり、思うように動かなくなったりすることに比べたら、傷痕などたいしたことではない。

意識を失ってから、オデットは五日間も眠っていたらしい。

あのあとすぐに地下迷宮と聖堂は崩れ落ちた。さほど被害は大きくはなかったものの、隠し通路が繋がっていたため、宮殿も地下崩落の影響を受けてしまった。修繕の必要があり人の出入りが多くなるため、移動することになったと説明された。

今滞在しているのは、かつてオデットの女官として仕えていたアライダの生家なのだという。

「何度もマクシミリアンに、オデットを引き渡すように訴えていたそうです。オデットの身を守り世話をするのは自分なのだと」

アライダは宮殿を出るときにも、最後までオデットの身を案じてくれていた。国が滅んでなお、側にいてくれようとしていたとは思いもしなかった。オデットは自分が思っていたよりずっと恵まれていたことを、感謝しなければならないだろう。

「わたくしが今ここにいるということは、アニトア王が許可を出したのか」

すでにマクシミリアンは国内を掌握しつつある。反勢力の者達もまだ残っているようだが、表立って反旗を翻そうとはしていない。国が復興していくスピードは凄まじく新たな為政者の手腕を認めざるをえないのだろう。

「あなたがクスターに同調しなかったことも、大きな理由です」

「そうか……」

クナイシュの秘宝も天に還《かえ》った。もはや亡国の皇女の存在など、マクシミリアンにとってなんの問題にもなるまい。ゆえに、オデットを監視する必要がなくなったのだ。

もう皇女ではなく、ただのオデットになった。チクンとやはり胸が痛む。それでも無力な皇女であることを嘆《なげ》いていた自分が、穏やかな気持ちでそのことを受け止めることができるのが不思議だった。

ハンナやアライダとの再会を喜び合い、医師の診察を受けてから、夕食をとったあと湯浴みをしたオデットは下腹部の変化に動揺していた。

寝室に戻ると当たり前のようにユリウスがくつろいでいて、オデットの動揺はさらに酷くなる。ぎこちなく足を動かしながら、オデットは自分に「落ち着け」と言い聞かせて、寝台の端に座った。

すると、ユリウスは机の引き出しから布に包《くる》まれた細長いものを取り出し、オデットの側に座った。オデットの心臓が大きく跳ね上がる。

ユリウスは布を丁寧に広げてみせた。

布に包まれていたのは皇女の短剣。

しかし、見た目が以前とは変わっていた。柄の部分の赤い魔法石が、澄んだ無色になっているのだ。

「これをお返しします。もとの状態ではなくて申し訳ありません」

「ユリウスのせいではない。赤い魔法石の色が消えたということは、もうこの国の大地には魔力も加護も存在しないということだろう」

「ええ、マクシミリアンも同じ見解でした」

「これは、わたくしが所持し続けてもいいのだろうか？」

もう価値はなくなってしまっただろうが、これは皇家の財宝の一部。皇女であったときは自分のものだと疑っていなかったが、今ではオデット個人の所有物など存在していないことを知っている。

あるのはこの身ひとつだけだった。

「もし他にも宮殿に残してきたものがあるのなら、少しであれば持ち出してかまわないそうです。混乱の中で喪失したということにしておけばいいと」

「いや。これひとつで十分だ」

価値のない石が嵌まった短剣くらいが、今のオデットにはちょうどいい。皇女のころは楽しい記憶のほうが少ないから、過去を思い起こさせるものばかりあっても困る。

「これは、どこかにしまっておいてほしい」

オデットがそう願うと、ユリウスは頷いて、また布で丁寧に包み直して引き出しにしまった。戻ってきたユリウスは、膝をついて視線を低くしながらオデットに問う。

「あなたもこの短剣と一緒なのでしょうか？　まじないが消えたかもしれないと言っていましたね？　聖堂を出たあと倒れたのも、まじないが解けた反動ではないのですか？」

「か、……確証はない」

本当は嘘だ。あのとき、確かに何かから解放された感覚があった。そして、身体に刻まれたまじないの紋様が、すっかり消えていることをさっき確認したばかりだ。

「見せてください」

「どうやって……」

「服を脱いでください。いまさら恥ずかしがる必要はないかと思います」

確かに、もう何度もユリウスに肌をさらしている。それどころか触れられていない場所すらないほどだ。

今夜は上からすっぽりと被るナイトドレスを着ているから、まじないの痕を確認するには裾をたくし上げるしかない。それは、はしたない姿ではないかと急に不安になった。

せめて前開きのものだったら、美しく脱がせてもらうことができるだろうに。

今まで自分で考えて服を選んでこなかったオデットだ。今夜も湯浴みのときにアライダが用意してくれたものに、そのまま袖を通しただけだった。

改めて自分の着ているナイトドレスを確認する。浅い襟ぐりの部分には、繊細なレースが幾重《いくえ》も使われていて、生地も上質な絹だ。

「このナイトドレスは誰が用意したものだ？　アライダか？」

そう問いかけておきながら、オデットは心の中で違うのではないかと考えていた。

与えられたナイトドレスを不満も持たずに着用していたのは、今に始まったことではない。前の住まいのときから、昼間のドレスは麻や綿の簡素なものばかりなのに、ナイトドレスだけはずっと絹でできた高級なものだったのだ。

「それは私が用意しました。気に入らないのなら何か別のものを新調します」

ユリウスは、なぜ今そんなことを問われたのかわからないといった様子だった。

――決して甘やかさず贅沢をさせるな。それがマクシミリアンの命令だったはず。

だがよくよく考えてみれば、ユリウスは最初から厳格にはそれを守っていない。

普段は粗末な服を着せておくのに、夜は違った。なぜそんなことをしていたのか、思い当たる理由がひとつだけあった。昼間は庭に出れば屋敷の警備をしていた者に見られてしまう。でも、夜はそうではないから。

ドレス、食事、そして本……屋敷の中限定だが、十分すぎるほど与えられていた。

自分がどれだけ大切にされていたのか実感してしまうと、オデットの中で疑問が再び頭をもたげてしまう。

命令だからではなく、最初からユリウスが望んだから、今があるのではないか。

オデットはユリウスに心から望まれて婚姻したのではないか、と。

「オデット、服を脱いで」

ユリウスは真面目な態度を崩さない。ただオデットのまじないがどうなったのか、確かめたいだけなのだ。

オデットが自分からは脱がないと察したユリウスは、彼女をそっと寝台に横たえた。

「では、私がします」

「……早くすませてほしい」

オデットは恥ずかしすぎて、直視できない。赤面した顔を隠すように手で覆いながら、ユリウスを急かした。

ユリウスはナイトドレスの裾をそっと摑んだ。裾にあしらわれたレースが揺れ、膝に触れたその感触さえ、敏感に感じ取ってしまう。

ナイトドレスの裾がするりと滑っていき、腹部が室温の涼しさに触れる。

以前とは違う姿になったことは、一目でわかるだろう。

しかし、ユリウスが言葉を発するまではずいぶんと時間がかかった。

「……綺麗に消え去っています……よかった」

ようやく出たその声が震えていた気がして、オデットは顔を覆うのをやめ、ユリウスに視線を向ける。

「ユリウス？」

涙こそ流していなかったが、ユリウスは今にも泣き出しそうな顔をしていた。

交われば酷い苦しみをもたらすまじないが消えたことを喜んでくれているのに、その顔にはなぜか後悔の念が滲んでいる。

「やり直しなどできないことは、最初からわかっていました。それでも……」

弱々しい声に、オデットは心震えた。ユリウスが心の本当の内側を、初めて見せてくれた気がしたのだ。

初めての夜のことを、彼はずっとずっと後悔をしてくれていたのだろう。まじないが発動して苦しむオデットの姿を見て、心痛めていたに違いない。

あのときのオデットは心を閉ざして、何も見ていなかった。そんなオデットにユリウスは辛抱強く寄り添ってくれていた。

だから、オデットも覚悟を決めた。本当の願いから目を背けるのはもうやめにする。

「ユリウスは、わたくしの夫なのだろう？」

「そうです」

「わたくしも妻になりたい。本当の妻になりたい。与えてもらうばかりではなく、何かを与えてあげられる存在になりたい」

今なら感情のまま、本能のままに求め合うことが許される。満たされないと嘆く日々は、もう終わったのだ。

オデットがユリウスの頬に手を伸ばすと、彼はそこに自分の手を重ね、覆い被さるように顔を近づけてきた。

唇が触れ合う。それだけでオデットは夢見心地だ。

「んっ……ユ、……リウス？」

戸惑ったのは、口付けが軽く触れあうだけのものではなくなっていったからだ。角度を変えながら強く押しつけられ、舌でオデットの唇を無理やり抉じ開けようとしてくる。

思わず顔を逸らそうとしても、許されない。大きな両手で顔を固定され逃げ場を失う。

「口を開けて。慣れてください」

「ま、待っ……んっんん」

制止の言葉の隙を突いて、ユリウスは舌を侵入させる。それはとても乱暴な行為だったが、オデットの身体を燃え上がらせるような情熱がある。

ユリウスは互いの歯が当たっても気にせず深く、オデットの口の中を侵食する。

懸命に応えるオデットの限界を試すように唾液が流し込まれ、溺れてしまいそうだ。

「んっ……苦しいっ……ユリ、ウス、もっと」

息がうまくできないのは、方法を知らないせいもあるが、興奮しすぎているせいだ。

オデットの呼吸が乱れすぎると、ユリウスは口付けを中断してくれた。

自分で苦しいと訴えたのに、唇が離れてしまうとすぐに切なくなり、すがりつきながら口付けをねだった。

これが本物の口付けなのだ。一度知ってしまったら、明日からは水を求めるように欲してしまいそうだった。やめられない。

「あなたも舌を出して。同じように」

求められるままに、オデットはユリウスの口内に舌を伸ばす。じゅるっと音を立てて舌を吸い上げられると、ぞくぞくとした痺れが襲ってくる。

口付けを交わすときは目を閉じる。ユリウスが与えてくれた本の中の一冊、淡い恋を描いた物語には、そんなことが書いてあった。

しかし、オデットは今、目を閉じることができない。

ユリウスが自分との口付けに夢中になってくれる。

その顔をずっと見ていたい。確かに求められていることを感じていたかった。

互いの唇を貪っていると、そのうちひとつに溶け合ってしまえるのではないかとさえ思える。自然と身体が擦れ合い、次第にじれったさを感じた。

胸の先が彼の逞しい身体に当たる、たったそれだけで強い刺激が生まれてしまうのだ。

やがて、相手に悟られていないつもりで、オデットは身体をくねらせてより多くの快楽を求めた。

「かわいらしいですね」

ユリウスから聞き慣れない言葉が発せられ、オデットは驚きでぴたりと動きを止めた。

もし、容姿を褒めてくれた言葉だったのなら、喜びで舞い上がっただろう。しかし、今のは違う。

「ここを、こんなに尖らせて」

服の上から胸の頂をそっとつままれ、指摘されてしまう。

「……言うな」

見られていたのだ。気づかれていたのだ。自慰行為のように、一人で快楽を拾っていた淫らな自分を。はしたない自分を。

「今、どんな顔をしているのかわかっていますか？」

知らないと首を横に振る。

オデットは恥ずかしさのあまり、泣き出してしまいそうになった。

「かわいらしいです、あなたはとても」

「嘘だ！」

「本当です。そうやってすぐ赤くなるところ。すぐに怒ったり拗ねたりするところ。すべて顔に出ているのに、素直ではないところ。全部です」

「わ、わたくしは、それほど子どものように振る舞ってはいない」

「では、大人のあなたを見せてください」

ユリウスはオデットの耳元で艶っぽく囁き、身体を浮かせてナイトドレスを剝ぎ取る。生まれたままの姿となったオデットをゆっくりと抱きしめたあと、耳に舌を這わせた。

「な……に？」

耳殻《じかく》を舌でなぞりながら、ユリウスはオデットの胸をやわやわと揉み出す。時折、かわいい、美しいと賛美の言葉が囁かれ、オデットはそのたびに甘い嬌声を上げた。

「あ……んっ……なんか変だ」

大人を見せろと言われてしまえば、「いやだ」も「やめろ」も封じるしかない。

耳元で舌を動かすたびに聞こえる水音が酷く艶《なま》めかしく、直接頭に響いてくる。身体が熱くて、どうにかなってしまいそうだ。

オデットが必死に耐えていると、ユリウスの唇は少し舌へと移動し、今度はオデットの首筋を愛撫し始める。

舌先を尖らせて、オデットの首筋を、上から下、下から上へと何度も往復させた。

びりびりとした痺れをどうにか流そうとすると、今度は彼の歯が当たる。

噛みちぎられてしまうような強さではない。でも、食べられてしまうことを想像する。

「やっ、あぁっ、それ……もっと」

もっとたくさん噛みついて、いっそ本当に食べてくれないだろうか。ユリウスの血肉となって溶け込めるなら本望だ。

「そうです、オデット……素直に乱れて。もっと感じているあなたを見せてください」

首筋から鎖骨を辿り、ユリウスの舌がオデットの胸の頂を貪る。交互に口に含まれ、転がされ、合間に熱い吐息をかけられた。ピンと、痛いくらいに立ち上がった蕾は、吹きかけられた息にさえ過敏に反応する。

「はぁあ……、ユリウス……わたくしの身体、おかしくはないか？」

まだ、上半身にしか触れられていないというのにこの乱れようだ。

ユリウスから快楽を与えられることは初めてではない。今までもほぼ一方的にユリウスの愛撫に翻弄されてきた。

でも今夜は何かが違う。この先の想像と期待が増幅し、制御ができなくなっていた。

「あなたはどこもおかしくありません。……とても綺麗だ」

胸のやわらかい膨らみに、ユリウスが強く吸いついてくる。ちくっとした痛みさえ、ユリウスから与えられるものならすべてが喜びだ。

白い肌に咲いた、赤い所有印をユリウスがうっとりと見つめている。そうして今度は、身体を移動させ、オデットの内腿にも同じ痕を残す。

「んっ、ユリウス……もう」

オデットの一番触れてほしい場所に、着々と近づいている。早く触れてほしくて、疼いて疼いて、しかたないのだ。焦らされたら、きっと泣いてしまう。

その場所は、まだ触れられていなかったのに、しとどに濡れている。

ユリウスはオデットの願いを聞き届け、股の間に顔を埋め秘部を舐め始めた。やわらかい舌がオデットの割れ目をなぞっていく。

「甘い……」

ユリウスはオデットの入り口の先にも舌を挿れる。蜜を掻き出すように舌を出し入れさせ、とめどなくしみ出す体液を舐めている。

「んっ……もっとしてほしい、強いほうがいい、わたくしをぐちゃぐちゃにしてほしい」

オデットがねだると、ユリウスはそれに応え、指も使ってオデットを乱した。

最初こそゆるやかだったユリウスの手つきは、オデットの陰道が指に馴染んでいることを確認すると、どんどん激しさを増していく。

「私のものを受け入れるのは最初の日以来です。しっかり慣らさないと。あなたの中はとても狭いですから」

オデットの秘部からは淫らな雫が溢れ出し、ユリウスの指が出し入れされるたびに卑猥な水音を立てていた。

「あなたは、ここをかわいがられるのがお好きですね」

剝き出しにされた花芽を、ユリウスが唇に挟む。そのまま舌で転がされ、オデットは思わず腰を浮かせた。

「やっ、はぁっ……だめだ、もう、そんなに激しくはしないでほしい」

「なぜ？」

「達して、しまいそうになる。……一人では、嫌だ」

　今のオデットは欲望に忠実で、理性が保てないほど気分が高揚している。花芽と内側の両方を同時に攻められたら、すぐにでも果ててしまいそうだ。しかし、それではしっかりとユリウスを感じることができない。

　ユリウスはオデットを一度強く抱きしめると、自分の服を脱ぎ捨てた。

　細身なのにしっかりと筋肉のついた夫の裸体は、とても美しいと思う。その美しい夫には一点、似つかわしくない凶悪な部分があるが、それこそが今、オデットが欲しているものだ。

「ああ、オデット。私を受け止めてくれますか？」

　ぐっと、熱塊が押しつけられる。圧迫感はあるが、オデットの入り口はそれをしっかりと受け入れることができた。ゆっくりと一番奥まで辿り着いたユリウスは、辛そうな表情をしながらオデットを気遣う。

「痛みは？」

「はあっ。……痛みはない……ただ大きくて、とても熱い」

　こんなに硬く、大きく、熱くして大丈夫なのかと心配になってしまった。ユリウスの額に汗が滲んでいる。オデットが狭すぎるからいけないのだろうか？

　手を伸ばして汗を拭ってやると、逆に苦しそうに小さく呻き、より深く繋がろうと腰を揺すってくる。

すぐに、余裕など消え失せた。嬌声を上げ、すがりついて乱れたのはオデットのほうだった。

「はあっ、ああっ……んっ」

「大丈夫ですから、ゆっくり息を吸って」

「やっ……無理、あぁ、んっ、どうにかなってしまう」

「オデット……ああ、私もです。すごくいい」

ユリウスは労りながらも、オデットの中をかき乱した。指では届かなかった奥の奥を何度も突かれ、そのたびにひくひくと肉壁を痙攣させた。

じゅぶりと、ユリウスの竿にからみつくように、オデットの中から淫らな雫が溢れてくる。限界が近かった。

「ユリウス……ああっ、ユリウス！　……あっあああぁっ。それ以上したら！　まって」

今のユリウスは、オデットが本当に嫌がることはしない。

そう信じていたのに、腰の動きを止めてはくれなかった。オデットが本当は嫌がっていないからなのか、彼がオデットとの情交で理性を吹き飛ばしてしまったからなのかはわからない。

「いくっ……もう、わたくし……あぁぁっ」

オデットに、強烈な絶頂が訪れた。

淫らに弛緩する身体を、ユリウスは労るように抱きしめてくれる。とても優しい手つきで髪を撫でてくれるが、オデットの体内に凶悪なものを押し込めたままだった。

膣壁の制御できない艶めかしい動きが、ユリウスの昂《たかぶ》りを刺激し続けてしまうことなど、オデットは知る由《よし》もない。

「っく……オデット、申し訳ありません……もう少しだけ耐えてください」

甘い責め苦に耐えきれなくなったユリウスが、激しい抽挿を再開させる。己の欲望を、より大きく硬く滾らせながら。

「ひっ、んん……やっ、まって、動かしたら、あっ、ああ」

オデットは悲鳴のような嬌声を上げながら、獣となった夫の激しい情交を全身で受け止める。一番奥で熱い何かが弾ける。

頭の中が真っ白なのに、繋がった部分の感覚だけは鮮明だ。これは、オデットが求めていたものだ。

どくどくと放たれたものを感じるたびに反応して、また何度も膣を伸縮させた。

「ユリウス……ユリウス……わたくしを抱きしめて」

精を放たれても、なんの痛みも襲ってこない。

ずいぶんと長い時間、汗と体液に塗《まみ》れた身体を重ねていた。無防備なユリウスがオデットの胸の中にいることが、どれだけ特別なことなのか。

「わたくし達は、夫婦になれたのだろうか？」

「以前から、あなたは私の妻ですよ。……一生お守りしますから」

「でも、守られるだけでは嫌なんだ。わたくしもおまえを守りたいし、せめて何かをしてあげたい」

するとユリウスが切ないため息を漏らす。

「欲が出てしまいました。身の程をわきまえず、あなたを奪ってしまったから……多くを望んではいけないと戒めてきました。でも無理です。今はすべてが欲しくてしかたない。そして、あなたにも望んでほしい」

「望む？」

「そうです。もっと望んで、大切なものを増やしてください。そうすれば自分の命も粗末にはできなくなる」

欲しいもの、自分の望み。

たった今、何よりも欲しかったものがひとつ手に入ったばかりだ。

なかなか他には思い浮かばないが、ユリウスが望んでくれるのであれば大切なものを増やしていきたい。

泣きたくなるほど嬉しくて、切なくて、なぜか少しだけ悲しい。

たくさんの感情で、オデットは満たされていた。

地下迷宮の崩落から数ヵ月後、政務を行う大宮殿などの復旧作業を終えてから、マクシミリアンは国王として戴冠した。

オデットはユリウスと共に、群衆の前に立ち喝采を浴びる新しい王の姿を遠くから眺めていた。

§

もう誰も滅んだ国の皇女の名前など口にしないし、思い出さない。

それは民にとってもオデットにとっても、きっと幸せなことなのだろう。国をよい方向に導いてくれる為政者が現れ、それを成しえなかった愚かな皇女は記憶から消える。

自分があの場所に立ちたかったという思いが、いまだ胸の奥に燻っている。

未練を断ち切ることなど、きっとこの先もずっとできないだろう。すべての人間に忘れ去られても、自分だけは自分のことを忘れられない。

世界は相変わらず残酷だ。心の整理をするために自ら願って外出したというのに、こうして輝かしい光景を見せつけられると、悔しくて、寂しくて、やるせなくなる。

価値がなくなったからこそ、ここから旅立つことも許された。戴冠の祝いで沸き立つ都をあとにして、オデットはユリウスの故郷に向かうことになっている。

「……ようやく、あの日の約束を果たせそうです」

「約束？」

「宮殿で、最後の日に約束しました」

遠くへ連れて行く――ユリウスが偽りの姿をしていた最後の日に交わした約束。

オデットの瞳に、じわりと涙が浮かぶ。

「やはり、思っていたより頭が悪いのだな。……本当に愚か者だ。そんな約束、誰も本気にしていなかった」

オデットはあのとき彼に告げた言葉を、わざと口にした。

武人としての能力があるなどと知る由もなく、ただ自分と交わした約束を糧に生き延びてくれたらよいと思っていた。嬉しさを隠し、どうにもならない状況で助けようとする行為がいかに愚かであるか、あえて皮肉ったのだ。

なのに、絶対に叶わない願いを本当にやりとげてしまうなんて、なんと愚かで狂おしいのだろう。ユリウスはあの日からずっとオデットを生かすことだけを考えてくれていた。

「本当に、いいのか？　わたくしでいいのか？　……今なら間に合う」

ユリウスは主君のもとから離れることになってしまう。オデットのためにあっさり捨てていいものなのだろうか。

「私はあなたの騎士ですから」

迷いなく答える。ユリウスはオデットを姫君のように扱い、自分は騎士であるかのように手を取り、その甲に敬愛の口付けを贈った。口付けの熱が冷めないように、オデットの手を握り締め、手のひらに何か小さなものを乗せた。

オデットは瞠目する。オデットの手にあるのは、引き出しに隠されていたクナイシュ帝国の騎士団直属の騎士に与えられる徽章だった。

焼け跡から探すのに少し苦労しましたと、ユリウスは苦笑する。

「最後の日、あなたの父上から託されました。そして、私も望んで託されたのです。あなたの騎士となり、遠くへと連れて行くために」

父はすべてを知っていたのだろうか。ユリウスが偽っていたことも、そしてオデットが彼に惹かれていたことも。後継者として望んでくれなかったけれど、父はいつでもオデットの幸せを願ってくれていた。それをいまさらにして思い知る。

その父の思いを抱えたうえで、ユリウスはオデットの側にいることを選んでくれた。

瞳を潤ませるオデットをユリウスは腕の中に閉じ込めた。

「もう絶対に放しません。帝国最後の日、短剣を持つあなたを見たとき……。そしてあの火事の夜、意識を取り戻したらあなたの姿は見えず遺言のような手紙が残されていたとき……私がどんな気持ちになったか、考えてくれたことはありますか？」

「考えた！　ずっとずっと前から、たくさん考えてきた。それに……だったら、おまえも……ユリウスも、わたくしがどんな気持ちになったか、少しは考えたらいい」

最後の日、宮殿で彼をひとり見送ったとき、火事の崩落から守られたとき、獣の闇に取り込まれたとき、どれほどオデットが恐ろしい思いをしたか。

この人を失ってしまうかもしれない——そう思ったときの恐怖がよみがえり、怒りがこみ上げてくる。

「ユリウスには友人やアニトア王がいて、故郷には親や兄弟もいるのだろう。わたくしがいなくともたくさん大切な人がいる。でも、わたくしには誰もいない。ひとりぼっちだ」

オデットはあの寂しい魔物と同じだった。

たった一人で残されたら、きっと正気ではいられない。同じ闇を抱えているからこそ呼ばれ、あの地下空間で共鳴してしまったのだと今ならわかる。

「私がいます」

「そうだ。わたくしにはユリウスしかいない。……だから先に死ぬことなど絶対に許さない。かばって盾になるなんてありえない。そのようなこと二度と許さないからな」

「オデット、それは無理です。私はあなたを守ると誓っていますから」

「そんな誓い、いつ立てた？　知らないし認めない」

「私はあなたより年上で、順当にいけば先に死にます」

「たったいくつかの差など、どうにかしろ」

「どうにかしろと言われても……」

おかしなことを言っている自覚はある。でも、これがオデットの正直な気持ちだった。

ユリウスは少しだけ身体を離し、無理難題をふっかけてくるオデットと視線を合わせて言う。

「では、ぎりぎりまで必死で一緒に生きて、二人で一緒に死にましょう」

「約束できるか？」

「ええ。誓います」

額を合わせ、笑い合う。

やはり自分達はどこかおかしな関係だと思う。

愛しているとはとても言えない。

過去は変えられず、歩んできた道には、消えない傷も確かにある。

それはオデットの手に残る傷ではなく、心に刻まれたものだ。

だから二人は永遠の愛を誓う代わりに、いつか未来の死を誓った。

あとがき

はじめまして！　戸瀬《とせ》つぐみと申します。

このたびは『裏切りの騎士と呪われた皇女』をお手に取っていただき、ありがとうございます。

この作品はソーニャ文庫×魔法のiらんど短編小説コンテスト『重すぎる愛』にて奨励賞を受賞し、改編加筆し刊行していただいたものになります。

こうして、憧れのソーニャ文庫様から出版の機会をいただけたことを嬉しく思います。

まずはじめにコンテストの主催者様、選考に携わってくださった皆様にお礼を申し上げます。本当にありがとうございました。

コンテストの選考結果発表は一年前の四月末。ちょうどはじめての緊急事態宣言が発令されていた時期です。都市にある大型書店は軒並み閉店、これから本の世界は大丈夫なのだろうかと不安を抱きながらのスタートでした。

そこから約一年間、油断できない情勢と戦いながら、この作品を一冊の本として形にするために奮闘してくれたのは担当編集者様です。

やりとりから、私が何を書きたかったのか、作品に対する理解を常に示してくださいました。感謝の念に堪えません。

今作はもともとWEB投稿からはじまった作品ですが、そのときは短いお話だったため、書籍版として大幅に改編を行いました。

特に、ヒーロー・ヒロインの過去の出会いを書くとしたら……とずっと心の中で温めていたエピソードを書き上げることができて、ほっとしています。

身分差からはじまり、裏切りで揺れる二人がどんな結末に辿り着くのか、ハラハラするシーンもありますが、最後までお楽しみいただけたら幸いです。

今回イラストを担当してくださったのは幸村佳苗《ゆきむらかなえ》先生です。まず何より表紙のイラストに魅了された読者様も多いのではないでしょうか？

私は完成したイラストを見せていただいたとき、想像をはるかに超える素晴らしさに興奮してしまいました。文字しかなかった主人公達に、色と形をいただけて本当に幸せです。

幸村先生、編集部の皆様、制作に携わってくださったすべての皆様と、このお話を読んでくださった読者様に心からの謝辞を。

また別のお話でお会いできることを願っています。

Sonya
ソーニャ文庫

この本を読んでのご意見・ご感想をお待ちしております。

◆ あて先 ◆
〒101-0051
東京都千代田区神田神保町2-4-7 久月神田ビル
㈱イースト・プレス　ソーニャ文庫編集部
戸瀬つぐみ先生／幸村佳苗先生

裏切《うらぎ》りの騎士《きし》と呪《のろ》われた皇女《こうじょ》

2021年5月8日　第1刷発行

著　　者　戸瀬《とせ》つぐみ
イラスト　幸村佳苗《ゆきむらかなえ》
装　　丁　imagejack.inc
D　T　P　松井和彌
編　　集　葉山彰子
発 行 人　安本千恵子
発 行 所　株式会社イースト・プレス
〒101－0051
東京都千代田区神田神保町2－4－7 久月神田ビル
TEL 03－5213－4700　　FAX 03－5213－4701
印 刷 所　中央精版印刷株式会社

ISBN 978-4-7816-9698-0
定価はカバーに表示してあります。